やり直し公女の魔導革命

処刑された悪役令嬢は
魔導具づくりをやめられない

02

二八乃端月

illustration YOHAKU

CONTENTS

✶⋆第1章　呪われた少年⋆✶

1

あの叙爵式の日からしばらく。

私は報道各社からのインタビューで引っ張りだこになっていた。

国内の報道機関だけじゃない。

隣国からわざわざ私を取材しに来る記者たちまでいるのだから、たまらない。

もちろん断ることもできるけれど『あっちを受けて、こっちは受けない』ということはしたくなかったのだ。

だけど――

「ちょっと。さすがに多すぎない？」

記者たちが退室した後の応接室。

私はソファでぐったりしていた。

「お嬢さまは今や『時代《とき》の人』ですからね」

傍《かたわ》らに立つアンナが苦笑する。

「それにしても、よ。昨夜は遅くまで領地移転の書類に目を通してたのに……。これじゃあ体がいくつあっても足りないわ」

「頑張りましたね、お嬢さま。今お茶を淹れますから」

そう言って微笑し、傍らでお茶の準備を始めるアンナ。

私は手と足を伸ばして彼女が淹れてくれるお茶を心待ちにしながら、これまでのことと、これからのことを考えていた。

忙しい日々。

正直、爵位を授与されるのはともかく、領地まで与えられるとは思わなかった。

ひと口に『領地』と言っても、ただ土地をもらう訳じゃない。

そこに住む人々のこと。河川の使用権。さらに土地に紐付く債権やらなんやらまで含んでいる。

昼間は取材対応。夜は領地譲渡の書類に目を通しているけれども、とてもじゃないけど追いつかない。

気がつけば、もう一週間も製図台から遠ざかっていた。

「叙爵式が終わったらゆっくり魔導具づくりができると思ってたのに……。話が違うじゃないのよおっ」

私が宙に向かって叫んだときだった。

コン、コン、と扉がノックされ、メイドが新たな来客を告げる。

せっかくアンナが準備してくれていたお茶がお預けになった私は「はあ……」と深いため息を吐いたのだった。

2

翌日。

私はお父さまと一緒に、ハイエルランド王国国王コンラート二世の執務室にいた。

「忙しいだろうに、呼び出してすまないな。侯爵、伯爵」

「お気になさらず。陛下からのお話以上に大切な仕事はありませんから。――ああ、もちろん家庭のことは除きますが」

ソファに掛けた陛下の言葉に、お父さまがさらりとそう応える。

ぶっ、と噴き出す陛下。

「連日の取材攻勢でまいっておりましたから、お声がけいただいてありがたかったです」

「ははっ、そう言ってもらえるといくらか気も楽になるな」

私の言葉に苦笑した王は、お茶に口をつけるとカップを置き私たちを見た。

「実は今日二人に来てもらったのは、エインズワース卿に頼みたいことがあるからなのだ」

「私に、ですか？」

首を傾げる私に、陛下は頷いた。

「そうだ。無理強《むりじ》いをするつもりはないが、できれば話だけでも聞いてもらいたい」

「もちろんです。どのようなお話なのですか？」

私が尋ねると、陛下はあごに指を当ててしばし考え、やがて顔を上げた。

「実は私の古い友人の子息が長いこと病で苦しんでいてね。一度卿にその子を診てもらえないかと思っているのだ」

――ドクンッ
その瞬間、心臓が大きく波打った。

(これはまさか……ひょっとして『彼』のこと？)

私の中にある、遠い日の記憶が甦る。


私が陛下からこの相談を受けるのは、実は二回目だ。

ただし『前回』相談があったのは、巻き戻り前。私が正式に第二王子の婚約者となり学園に入学したあと。つまり今から四年後のことだった。

あの時私は、王家の身内として陛下からこの『頼み事』を打ち明けられ、それに応じた。

(歴史が変わったことで依頼が前倒しになったの？)

そんなことを考えていると、隣の父が口を開いた。

「陛下。娘は医者ではありません。『病』ということですが、感染《うつ》る可能性があるのであれば、父親としては賛成しかねますが？」

私を守ろうとするお父さまの言葉が嬉しい。

だけどこの『病』は普通の病気じゃない。

陛下が私に依頼してきたのも、そこに理由がある。

陛下は父の顔を見た。

「オウルアイズ卿の心配ももっともだ。結論から言えば、その『病』は感染る類《たぐい》のものではない。だが完全に安全かと問われれば『分からない』というのが正直なところだ」

「未知の病、ということですか？」

聞き返すお父さま。

「うむ。そもそも『病』と言ってよいのかも微妙なのだが……」

答えに窮する陛下に、私は助け舟を出すことにする。

「ひょっとして魔力や魔法、魔導具が原因として疑われる『病』なのではないですか？」

私の言葉に一瞬ぎょっとする陛下。だけどすぐに困ったような顔になり、ふっと苦笑する。

「やれやれ。我が国最高の魔導具師に掛かれば、どんなこともお見通しなのだな」

「陛下、それは買いかぶり過ぎです。医者でもない私に『患者を診て欲しい』となれば、魔法関連のことだということは容易に想像がつきます」

「なるほど。それはそうだ」

コンラート王はそう言って笑い、今回の依頼の詳しい話を始めたのだった。

3

一〇日後。

私とアンナは王都サナキアから遠く離れた南の地で、馬車に揺られていた。

「寝るときは柔らかいベッドとはいえ、さすがに毎日馬車に揺られていると腰が痛くなりますね」

そう言って顔を顰《しか》め、腰をさするアンナ。

「同感ね」

私は心底同意する。

今乗っている馬車は、本来王家の使節が使うためのものでそれなりに豪華な仕様だ。

座席はふわふわのクッションだし、板バネを利用した車軸懸架《リジットアクスル・サスペンション》で客室が車軸に支えられ、揺れはかなり抑えられている。

それでも一週間にわたる連日の馬車移動は、かなり体に堪えた。

「ねえアンナ。私、今回の旅でひとつ決心したことがあるの」

「なんですか?」

「いつか作ろうとは思ってたけど、絶対に『鉄道』を実用化するわ。それもなるべく早く」

「『鉄道』……鉄でできた道ですか?」

「道というか、地面に敷いた二本のレールの上を走る交通機関のことね。レールがあるところしか走

れない代わりに、馬車の倍以上の速さで移動できるの」

「馬車の倍ですか⁉」

「そうよ。馬車だと整地されたところでも精々一時間に一〇㎞移動するのが精いっぱいだけど、鉄道が通れば、その倍。うまくすれば数倍の速さで移動できるわ。それも一〇〇人近い人を乗せてね」

私の答えにアンナはしばらく目をぱちくりさせていたけれど、やがてにっこりと微笑んだ。

「お嬢様が仰《おつしや》るなら間違いありませんね。私にできることがあれば、なんでも仰ってくださいな」

「信じてくれてありがと。だからアンナのこと好き！」

「お嬢様……」

そう言って、手を取り合ったときだった。

「「あっ」」

次の瞬間、私たちは同時に窓の外を見た。

緩やかに続く丘陵地帯。その向こうにキラキラと輝いているのは——

「海っ‼」

青く輝く海だった。

4

私たちが目的地である『南の離宮』に到着したのは、お昼前のことだった。

馬車は門を通り過ぎ、遥か先に建つ宮殿へと向かう。

「すごい眺めですね！　私、海を見るのは初めてです！」

馬車の窓から外を見ていたアンナが、感嘆の声をあげる。

「私もよ。それに立地も良いわ。海と街が一望できるなんて、さすが『王家の別荘』ね」

アンナのはしゃぎ振りに微笑みながら、私もあらためて外の景色を見た。


王国最大の港湾都市マーマルディア。

その街と海を見下ろす丘の上に位置しているのが、マーマルディア離宮。

通称『南の離宮』だ。

この宮殿は王家の避寒地でありいわば別荘なのだけど、マーマルディアに来航した外国の要人を迎える迎賓館を敷地内に併設している。

今回陛下から依頼を受けるにあたり、病に冒されているという『友人の子息』の詳細については、結局最後まで明かされなかった。

けれど、この南の離宮に滞在しているという事実から、その『子息』が外国の要人の関係者であることは想像に難《かた》くない。


（前回この話があったのは私と彼が一六のときだった。——ということは、彼も今、私と同じ一二歳

（私たちの最初の出会いは、南の離宮だったということね）

私が持つ未来の記憶。

かつての私もまたこの南の離宮で彼と出会い、彼の病……いや、『呪い』の治療を試みた。

結果は、半分成功。半分失敗。

原因の分離には成功したものの、大きな後遺症を遺す結果となってしまった。

あのときの私にはそれが限界だった。

だけど――

「同じ失敗は、繰り返さない」

私の言葉に、アンナがこちらを振り返る。

「どうかされましたか？」

「ううん、なんでもないわ」

そう言って微笑み返す。

今の私はあのときの『失敗』の原因を知っている。

それに、簡単だけどそれに対する準備もしてきた。

――今度こそ、あの忌わしい『呪い』を排除し、彼を救ってみせる。

私は知らず知らずのうちに、きつく拳《こぶし》を握りしめていたのだった。

5

馬車が宮殿の客室棟に到着する。

「お嬢様、御手《おて》を」

アンナの手を借りて馬車から降りる。

と、開かれた正面玄関から数名のメイドを伴って、一人の中年紳士が姿を現した。

「遠路はるばるよくお越しくださいました。エインズワース伯爵」

私の前まで来て、深々と立礼する紳士。

一見執事のように見える彼だが、実はそうではない。

「お出迎えいただきありがとうございます。こうしてご挨拶させていただくのは初めてですね。ケッセル子爵」

そう言ってカーテシーで礼を返した私に、子爵は驚いた顔で私を見つめた。

「これは……叙爵式で拝見したときから聡明そうな方だと思っておりましたが、どうやら閣下は私の想像を超えておられるようです。この度の件で陛下が閣下を遣わされたのも納得というものです」

「こちらこそ。先祖代々この宮殿を護り、多くの貴賓を迎えて来られたケッセル卿にそう言っていただけるのはとても光栄です」

そう言って微笑みあう。

旧貴族であるケッセル子爵家は古くからの中立派で特に王家への忠誠に篤《あつ》く、彼自身も周りに配慮ができる非常に良識ある人だ。

「エインズワース卿、長旅でお疲れでしょう。もうすぐお昼ですが昼食はどうされますか？」

ケッセル子爵の問いに、私はしばし逡巡《しゅんじゅん》する。

もうすぐお昼。朝からの移動で少々疲れているし、お腹も減ってきている。

だけど私は――

「『患者』にご挨拶させていただきます」

きっぱりとそう言った。

その言葉に固まる子爵。

どうやら想定外の返事だったのか、思案ののち些《いささ》か困ったように口を開いた。

「閣下のお気持ちは理解できるのですが、今はタイミングが良くないかと。おそらく夕方頃であれば患者様も落ち着いておられるでしょうから、それまでゆっくりされてはいかがでしょうか」

ケッセル卿はそう提案してきた。

この人なりに『彼』と私の初対面がうまくいくように気を遣ってくれているのだろう。

それは子爵の立場としては正しい。

二人の関係が最初からこじれてしまえば、この先良好な関係を築くのは難しいだろうから。

でも私は――

「もうすぐ正午。『発作』が起こる時間だということは知っています。だからこそ、私は患者の側《そば》にいなければならないのです」

子爵の顔をまっすぐ見据えてそう言った。

6

私は知っている。

あの『発作』がどれだけの激痛を伴うのか。

そして、どうすればそれを多少なりとも緩和できるのかも。

同じ建物にいて、苦痛に叫ぶ同い年の少年を無視することなどできない。

それにこれは『呪い』への対処の第一歩でもあるのだ。


見つめる私に、ケッセル卿はさらに困った顔をした。

「しかし、患者様がなんと仰るか……」

「構いません。部屋の前まで案内してください。私が説得します」

視線をぶつけ合う、子爵と私。

だけどその時間は長くは続かなかった。

ふう、と息を吐いたケッセル卿は、根負けしたようにこう言った。

「さすが救国の英雄。伯爵にはかないませんね。――承知しました。部屋の前までご案内致します」

そう言うと、自分について来るように言ったのだった。

その部屋は、広大な客室棟の一階の奥にあった。

(『前回』と同じ部屋なのね)

奇《く》しくもというか、やはりというか。

この棟でも二番目か三番目に広く豪華な部屋に、彼は滞在していた。

「患者の名前を伺っても良いですか？」

一歩先を歩くケッセル卿に尋ねる。

と、子爵は私を振り返りながら教えてくれた。

「患者様のお名前は『テオ様』とおっしゃいます」

「メイドや侍従の前で、そのお名前を呼んでも？」

「構いません。ただ……そうですね。閣下は聡明でいらっしゃいますから、テオ様と接していて何かお気づきになるかもしれません。ですがそれは――」

「口に出さないようにするわ」

私がそう言うと、ケッセル卿はほっとしたように「助かります」と言って笑った。

そうして私たちが部屋の近くまで来たときだった。

「出てけ!!」

ガシャンっ!!

「ひっ！」

突然の怒鳴り声と、何かが倒れる音。

そして、悲鳴。

「も、申し訳ございませんっ！」

女性の声で謝罪の言葉が聞こえた直後、バタンッと扉が開き二人のメイドが部屋の中から飛び出してきた。

「!?」

一瞬、ぎょっとした顔でこちらを見るメイドたち。

ここにやって来るまでに見たメイドとは異なるデザインの服を着た二人。

彼女たちは僅かに訛《なま》りのあるアクセントで、

「失礼致します」

と一礼すると、ひそひそ話しながら私たちがやって来た方向に向かって歩いて行った。

「…………」

顔を見合わせる、私と子爵。

「どうも、テオ様のお加減が良くないようです」

「そこは普通に『機嫌が悪い』で良いと思いますよ。私は気にしませんけどね」

私がそう返すと、子爵は困ったような笑みを浮かべて首をすくめて見せたのだった。

7

メイドたちが立ち去った後。

ケッセル卿がコン、コンと部屋の扉をノックした。

「失礼致します。テオ様の診察をされるエインズワース伯爵が到着されましたので、ご挨拶に伺いました」

子爵が声をかけると、扉の向こうで何やらボソボソと言葉を交わす気配がした。

「しばしお待ちを！」

野太い声が聞こえ、さらにボソボソ話す気配が続く。

そして――

「だから、断れって言ってるだろ!!」

少年の怒鳴り声が聞こえた。


間もなく部屋の扉が開き、中から騎士服のような制服を着た大男が姿を現した。

日焼けし腰から短剣を下げた大男は、扉を閉めるとその外見からは想像できないほど慇懃《いんぎん》に私たちに立礼する。

「申し訳ございません。せっかくお越しいただいたのですが、テオ様はお加減がすぐれず今はお会いすることが難しいようです」

その言葉に、顔を見合わせる私と子爵。

ケッセル卿は「言った通りでしょう」という顔で私を見る。

私は一歩前に出ると、扉の前に壁のように立ち塞がる大男に挨拶した。

「レティシア・エインズワースと申します」

「これはご丁寧に。私はテオ様の護衛兼侍従をしております、ファビオと申します」

深々と礼をするファビオ。

そういえば、彼と会うのも二度目だ。

主人に忠実に仕える騎士の鑑《かがみ》。

だけど今は、多少強引にでも通してもらわなければならない。

「ファビオ様。私はハイエルランド王国の国王陛下の命でテオ様の診察に参りました。従って診察に伴うすべての判断は、私に委《ゆだ》ねられております」

「は、はい。伺っております」

恐縮する騎士。

「もうすぐ正午。『発作』が起こる時間です。私はすぐにテオ様の診察を始める必要があると判断致します。申し訳ありませんが、その扉を開けてくださいませんか？」

「そ、それは……」

私の有無を言わさない口撃に、戸惑うファビオ。

彼の気持ちも分かる。

先ほど彼が仕えるテオは「断れ」と言ったのだ。その命令を無下《むげ》にはできないだろう。

だけど今回はこちらも引けない。

呪いの対処には、発作の時に『あれ』がどう動作するのかを観察する必要がある。

発作が起こるのは一日に二度。正午と午前〇時。

この機会を逃したら、次は深夜まで待たなければならない。

それに、私の力であの激痛がいくらかでも緩和されるのであれば、やらない訳にはいかなかった。

「今申し上げた私の権限は、我が国王陛下とファビオ様の本来の主様の合意により保証されています。私の判断に従わなければ、主様に対する不忠ということになりますが、よろしいのですか？」

「っ‼」

顔を歪めるファビオ。

私はさらに言葉を重ねた。

「何より、私であればテオ様が受ける痛みをいくらかでも緩和できる可能性があります。私も罪のない人が苦しむのをそのままにしておきたくありません。どうか、ご理解をお願い致します」

「っ！『あれ』を緩和できるのですか⁉」

ファビオは目を見開いて聞き返してくる。

「絶対とは言えませんが、できる可能性はあります」

「むう……」

考え込む大男。

彼にとっては、権威などより少年の苦しみが軽くなる方が大事なのかもしれない。

「……っ」

ファビオはしばらく悩んだ後、わずかに顔を上げ道を開けた。

「?」

目で問いかける私。

すると彼は深々と頭を下げた。

「どうか、テオ様をよろしくお願い致します」

こうして私は、彼の部屋の扉を開くことになったのだった。

8

ケッセル卿が再び扉をノックする。

「…………」

返事はない。

だが子爵が今度は「失礼致します」と声をかけると、そのまま扉を開いた。

扉を押さえてくれている子爵に頷くと、私は部屋に足を踏み入れる。

その瞬間――

「なっ、なんだお前!?」

ベッドから飛んでくる、驚き戸惑う声。

私は声の方を見た。

漆黒の髪と落ち着いた紫色の瞳を持つ、端正な顔立ちの少年。

だがその姿は、疲弊し衰弱している。

——間違いない。『彼』だ。

もっとも私が知る彼より、遥かに幼いけれども。

「勝手に入ってくるな!!」

何かを隠すように布団を胸元に引き寄せ、叫ぶ少年。

ベッド横のサイドテーブルが倒れている。

きっと先ほどの音は、これをひっくり返した音なのだろう。

「テオ様」

「!」

私がその名を呼ぶと、ビクンと肩を震わせ警戒感を顕《あらわ》にこちらを睨んでくる。

私はすたすたとベッドの近くまで歩いて行くと、カーテシーで挨拶した。

「初めてお目にかかります。ハイエルランド王国にて伯爵位を賜っております、レティシア・エインズワースと申します」

「伯爵って……君が？」

信じられない、というように問い返す少年。

「はい。つい先日叙爵されたばかりですけどね。そしてこの度、私がコンラート二世陛下からの依頼

でテオ様の診察をさせていただくことになりました。以後、お見知りおきいただければ幸いです」

そう言って再び頭を下げると、少年はあからさまに顔を顰め、険しい視線を私にぶつけてきた。

「診察って、あんた何歳だよ?」

「一二になります」

歳を聞いた少年は、「はっ」と片頬を引き攣《つ》らせる。

「僕は『魔導具づくりの天才がいて、そいつなら僕の『呪い』について何か分かるかもしれない』というからここまで来たんだ。おままごとをしに来た訳じゃない」

「天才かどうかは分かりませんが、私も一応、特級魔導具師の資格を預かっております。それに先ほども申し上げましたように、陛下から直々《じきじき》に『テオ様を診察して欲しい』と頼まれてここまで来たんです。おままごとをしに来た訳ではありませんよ」

「…………」

「…………」

無言で相手を見る私たち。

やがて少年は、はあ、と息を吐《つ》いた。

「――もういい。とにかく出て行ってくれ。僕は君の診察は受けない」

「なぜです? ダメ元で受診されても、減るものはないでしょうに」

私が尋ねると、少年はギロリとこちらを睨《にら》み、自分の胸元を指差した。

「一二の女の子が『コレ』を見て堪えられる訳がないから言ってるんだ。年かさのメイドだって悲鳴をあげるようなシロモノなんだぞ。君みたいなお嬢様に堪えられる訳がない」

「大丈夫ですよ。ほら。ちょっと見せてくださいよっ、と」

そう言って素早く布団を剥ぐ。

「ちょっ！　やめっ!!」

抵抗する少年を無視し、彼の胸元に手を伸ばす。

そうして、私の手が彼の寝巻きに触れたときだった。

　ゴーン、ゴーン、ゴーン……

窓の外から響いてくる鐘の音。あれは正午を知らせる鐘だ。

窓の方に目をやった私は、目の前の少年に視線を戻す。

「――離せ」

バッ、と私の手を払い除《の》ける少年。

彼は、青ざめた顔でガクガク震え始めていた。

「テオ様？」

「で、出てけっ……。早く、出て――」

そう言いかけた瞬間、
　パチッ
弾けるような音とともに、少年の胸元に紫色の光が走った。

「くっ――」

少年の顔が苦痛に歪む。
そして、
　バチバチバチッ！
　バチバチバチバチバチバチバチッ!!
「があああああああっ!!　ああああああああああああああ！！！！」
全身を駆け巡る紫電に、少年は絶叫した。

「っ！」

ついに始まった。始まってしまった。

目の前で絶叫し悶絶する少年。テオ。

私は再び彼の胸元に手を伸ばす。

けれど――

　バチッ！

「きゃっ!!」

触れた瞬間、腕に電流が走った。

「――っ」

覚悟はしていた。だけど、これほどのものとは……。

「…………」

一度は手を離したけれど、これに堪えなければ処置はできない。

テオはこの先、毎日この激痛に苦しまなければならないのだ。

私は意を決して、三たび彼の胸元に手を伸ばす。

勢いをつけ、彼の心臓を掴むように。


バチバチバチバチッ!!


「あああああああああああああっっ!!」

絶叫しながら少年の寝巻きを掴み、その前を引き開ける。

ボタンとともに弾ける閃光。

「っ!!」

果たしてそこには、『それ』がいた。

黒光りする表面。中央から周囲に伸びる八本の脚。

テオの心臓のあたりに張り付き、禍々しい光を放っている『それ』は、人の手によって造られた巨大な毒蜘蛛だった。

9

(なんて禍々しい!)

私が『それ』を見るのは、二度目。

だけど目の前でテオに張り付き、彼を苦しめている毒蜘蛛は、遠い記憶にあるそれに比べはるかに醜悪で禍々しい気配を放っていた。

(これは、作り手の悪意そのものだわ)

一見、本物の蜘蛛のように黒光りしているそれは、実は金属でできている。

その事実が、この蜘蛛が自然物ではなく、何者かが明確な意図をもって造り出した魔導具であることを物語っていた。


「うぎぁあああああああああ――っ!!」

全身を駆け巡る激痛に、悶え、叫び、掻きむしろうとするテオ。

「っ!!」

はだけた寝巻きの隙間から覗く、無数の傷痕。

彼の体と腕には、自ら傷付けたのであろうみみず腫れが、いたるところに走っていた。

「ココ！　メル！　手伝って!!」

「はいよ！」

「もちろん！」

私のコールとともに鞄から飛び出す、二体のクマたち。

私はテオを挟むように二人を移動させ、叫んだ。

「『魔力安定化《クエスキオ・マギーア》』！」

私からクマたちに魔力が流れ、ココとメルの両手が光る。

それらの光は一瞬の瞬きのあと、フィン、という音とともに二人の両手を頂点として、青白い光の膜を形成した。

「いくわ」

私はクマたちをゆっくりと下降させる。

やがて光の膜が、もがき苦しむテオの頭と体にかかった。

「っ!!」

乱れる魔力の波。

それはまるで、長縄を振る腕のように私を揺さぶった。

「鎮まりなさいっ」

必死で暴れる魔力を抑え込む。

「うがぁあああああっ!!」

叫ぶテオ。

今、彼の体内では、荒れ狂う彼自身の魔力と、それを抑え込もうとする私の魔力が綱引きをしている。

テオが持つ相当量の魔力。彼の胸に張りついている毒蜘蛛は、その彼の魔力を吸い取ったあと波長を掻き乱して彼の体にその魔力を戻していた。

乱れた魔力は暴走し、エネルギーの奔流がテオの体を無秩序に駆けめぐる。その際に走る激痛は筆舌に尽くし難く、彼に触れた者にもまた同様の痛みが襲いかかる。

まさに『呪い』。

しかも質が悪いことに、この蜘蛛は無理やり体から引き剥がそうとすると最大出力で蓄えた魔力を解放するように設計されている。

前回の私は、その罠《ブービートラップ》に気づかなかった。

そうと知らずに蜘蛛を引き剥がした結果、前回の彼は重症を負い、視覚と半身に後遺障がいを負う結果となってしまった。


（今度は間違わないっ!!）

クマたちに送る魔力をじわりと上げる。

私の魔力が、乱れるテオの魔力をぐっと抑え込む。

「っっ！　はあ、はあ、うっ！」

テオの呼吸が幾らか和らぐ。

蜘蛛が作動しつづけているため、魔力の乱れを完全に治めることはできない。が、痛みはかなり緩和されたはずだ。

（……よしっ）

私はその状態で、彼を苦しめる呪い……蜘蛛の魔導具に左手を伸ばす。

前回私が失敗する原因となった『罠』。

その発動を回避する方法を検討するには、今一度この悪魔の魔導具の仕組みを徹底的に調べ暴く必要がある。

そのためには、蜘蛛の作動中に私が直接手で触れ、魔力の流れを追いかけるほかなかった。

怖い。

恐い。

気持ち悪い。

だけど、今度こそ彼《テオ》を助けるんだ。

怖気付く気持ちを奮い立たせ、私はソレに触れた。

　パチパチパチパチっ!!

「うヴっっ!!」

力ずくで魔力の波を抑え込んでなお、襲いかかる激痛。

「ぐぅっっ！！！！」

私は歯を食いしばり、左手で感じる魔力の流れに集中する。

「っ！」

逆る魔力の波の『下』に、別の波長で作動する魔導回路が見えた。

まずは、第一層。

私は痛みに耐えながら、その回路を読み取ってゆく。

「……っ」

どうやら第一層は回路全体の制御を行っているらしい。

タイマーらしき回路が二つ。内一つは高速でオンオフを繰り返している。いわゆるクロックジェネレータだ。これは機械式だろうか？

そこに繋がるラインが複数。

目立つのは、並列に三列並んだ三段のスイッチ。一秒ごとに経路が切り替わってゆく。

「これね……！」

吸い取った魔力の波長を乱す機構。その核心がこのスイッチ群だろう。

おそらく第二層か三層にテオの魔力を通す太い流路があり、このスイッチ群が与える数値を使って、そこにあるフィルタの特性を変化させているのだ。

私がさらにそのラインを追いかけようとしたときだった。

パシッ
「きゃあっ！」

スイッチが切れるような音と共に一瞬だけ高出力の魔力が流れ、私は思わず蜘蛛から手を離す。

そして――

「はあっ、はあっ、はあっ、はあっ……」

テオの呼吸が、荒いながらも規則的なものに戻ってくる。

蜘蛛の動作が停止したのだ。

「はぁあああああ……」

私は大きく息を吐き、その場に座り込んだ。

「坊ちゃん！」

「エインズワース卿!!」

背後から、二人の男性が私たちを呼ぶ声が聞こえた。

10

三時間後。

遅めのランチをいただき、与えられた部屋で休んでいた私は、ケッセル子爵から『気絶していたテオの意識が戻った』という話を聞いて、再び彼の部屋を訪れていた。

「ご気分はどうですか？」

私がそう尋ねると、ベッドの上の黒髪の少年は手元に落としていた視線を上げ、おずおずと私を見た。

「……悪くはない」

ボソリと呟く同い年の少年。

どうやら今回は、部屋を追い出されることはなさそうだ。

「それはよかったです」

微笑んだ私の顔を見たテオは、つい、と目を逸らす。

そして、私の後ろにいるケッセル卿とファビオに向け、やや大きな声で言った。

「彼女と二人で話がしたい」

「しかし……」

言い淀むケッセル卿に、私は頷いてみせる。

「――承知致しました」

「外で待機しております」

そう言って一礼し、退室する二人。


二人が出て行くのを見送った私は、傍らに置かれたイスに腰掛け、再びテオに向き合った。

ちら、とこちらを見て、またすぐに目を逸らす少年。

「どうかされましたか？」

私が首を傾げると、テオは眉を顰め、あらぬ方向を向いて口を開いた。

「き、君は……」

「？」

「君は怖くないのか？」

「はい？　何がです？？？」

さらに首を傾げる私。

するとテオは私に向き直り、叫んだ。

「だから、君は僕のことが――胸に張りついている『これ』が怖くないのかと訊いてるんだっ！」

「…………」

「…………」

何を言ってるんだろうか、この子は。

「別に、テオ様のことは怖くないですよ？」

私がそう返すと、テオはぐっと歯を食いしばるようにして顔を背ける。

「……なんでだ？」

「はい？」

「今まで『コイツ』を見て恐れない者はいなかった。せっかく生きて帰ったのに、父上と母上も、兄上たちも顔を顰め、使用人たちは怯えて逃げ出した。なのに、なんで君はそうやって平然としていられる？」

彼の言葉を聞いて理解した。

この子が、今までどんな扱いを受けていたのかを。

だから私は、自分の率直な気持ちを口にした。

「その蜘蛛は不気味だと思います。作った者の精神構造を思うと、同じ魔導具師としておぞましさすら覚えます。でもそれは、テオ様が望んでつけられた訳じゃないですよね？」

私の言葉に頷く少年。

私は立ち上がり、彼の手を取った。

「!?」

顔を上げ、目を見開くテオ。

私は彼の目を見つめて言った。

「ならば、私がテオ様を気味悪がったり、恐れたりする理由はありません。その蜘蛛は呪いではなく魔導具です。魔導具の問題であれば、私がエインズワースの名にかけて解決いたします。ですから、一緒に頑張りましょう?」

「…………」

テオの目から一筋の雫がこぼれ落ち、彼は慌てて手でそれを拭ったのだった。

11

「『これ』を外すことはできるのか?」

涙を拭い気を取り直したテオは、私の顔を見てあらためてそう尋ねた。

その問いに、頷く私。

「外すことはできるでしょう。ただそれを作った者の意図を考えれば、無理に外せばなんらかの罠が発動することが考えられます」

「罠?」

「はい。爆発したり、命に関わるような攻撃が発動したりといったことです」

「っ！」

息を呑むテオ。

「安全に外すには、内部にある魔導回路を調べる必要があります。そしてもし罠があるならば、対策をとらなければなりません」

「内部って……カバー自体に罠があれば、フタを開けた瞬間に爆発するんじゃないか？」

私はこちらを見つめるテオの顔をまじまじと見た。

年齢にしてはとても頭がいい。記憶にある四年後の彼も頭の回転が速い人だったけど、今の彼を見れば『さもありなん』といったところか。

私は彼の言葉に頷いた。

「そうですね。その可能性は十分あります。ですから分解せずに調べるんです」

「？　フタを開けないと中身は分からないだろ」

怪訝《けげん》そうな顔をする少年に、私は苦笑して少しだけ顔を近づける。

「分かりますよ。――こうするんです」

そう言って、彼の胸に張りついた魔導具に寝巻きごしに左手を乗せた。

「なっ、なにするんだ⁉」

顔を真っ赤にして怒るテオ。

「ですから、こうやって内部の魔導回路を調べるんです。手のひらから微弱な魔力の流れや変化を読み取ることで、内部でどのような回路が組まれているのかが分かります。もっとも、対象の魔導具が作動している状態でなければ使えない『技』ですけどね」

「わ、わかったから、その手をどけてくれ」

「?」

私が左手をどけると、テオはすぐに布団を引き寄せ、胸元を隠してしまった。


「………」

顔を真っ赤にしてこちらを睨むテオ。

(そんなに怒らなくても……)

一瞬そう思った私だけれど、すぐに考えなおす。

(ひょっとしてこの時期の彼は潔癖症気味だったのかしら? だとしたら、悪いことをしたわ)

私はテオに謝った。

「予告もなく勝手に触れてごめんなさい。そんなに触れられるのが嫌だとは思わなくて……」

「は?」

「でもこれを引き剥がすには、発作のタイミングでこうして回路を調べる必要があるんです。不快だとは思いますが我慢していただけませんか?」

私のお願いに、片手で自分の顔を覆うテオ。

「そこじゃないだろ」

「はい？」

ぼそりと呟いた彼に聞き返すと、テオはわずかに首をすくめた。

「別に、イヤじゃない」

不機嫌そうにそう答えるテオ。

「触れても大丈夫ですか？」

私の問いに、ややあって頷く少年。

「この蜘蛛に取り憑かれてから、皆が僕を忌み嫌ってきた。呪術師やら魔法使いやらにも匙《さじ》を投げられたんだ。恐れずにちゃんと向き合ってくれたのは、君だけだ」

テオはそう言うと顔を上げ、私を見た。

「あらためて君に頼む。どうかこれを取り去って欲しい。それで僕がケガをしたり死んだりしても、責任は問わないから」

真摯な瞳。

その瞳に、私は笑顔で頷いた。

「もちろんです。私はそのために来たんですから」

私の言葉に、頬をゆるめるテオ。

「ありがとう。どうかよろしく頼む。ええと――」

「レティシア・エインズワースです。『レティ』とお呼びください」

「なら僕のことは『テオ』と呼んで欲しい」

「はい。テオさま」

「『さま』はいらないよ。あと、敬語も使わなくていい」

「でも……」

戸惑う私に、彼は再び言った。

「その……友人のように話してくれないか」

そう言って不安げに視線を彷徨《さまよ》わせる少年。

わずかな逡巡のあと、私は折れた。

「わかったわ、テオ。これからよろしくね」

「ああ、ああ！　こちらこそよろしく頼む！」

テオはそう言って嬉しそうに笑ったのだった。

✶⋆第2章　蜘蛛との戦い⋆✶

1

それから三日間。

私たちは二人で蜘蛛と戦っていた。

発作が起こるのは、正午と深夜〇時。

私はその時間が近づくとテオの部屋へ行き、発作が始まるやココとメルで魔力を安定化。

そうして魔力の波を抑え込んでいる間に毒蜘蛛の回路を調べる、ということを繰り返した。


そして四日目。

ついに私は問題の回路を特定した。

それは最下層の第三層にあって、中型の魔石と直結した回路だった。

起動スイッチは二つ。

引き剥がされたときにONになるスイッチと、解体によりONになるスイッチ。

引き剥がしを検知するセンサーは蜘蛛の脚の部分で、八本の脚で人体表面の魔力を検知し、その内三本以上の脚からの魔力入力がなくなった瞬間、直結した魔石の魔力を一気に放出する仕掛けになっていた。

解体のスイッチは同様に、表面カバーの接続部分の導通をモニターしていた。

つまり、私が知っている不幸な未来に続く罠も、テオが予想した悪意ある罠も、両方がきちんと用意されていた訳だ。


「ざっと説明すると、こんなところね」

客室棟の中庭に置いた製図盤。

そこに貼った紙にポンチ絵を描きながら『罠』について説明した私は、ベンチに座って絵を睨んでいるテオの顔を見た。

彼は眉間に皺を寄せ、「う〜ん」と唸っている。

「分かりづらかった？」

私が尋ねると、テオは難しい顔のまま首を横に振る。

「いや、すごく分かりやすかったよ。だけどさ……」

「だけど？」

「仕組みは分かったとして、どう対処すればいいのかと思って」

「そこなんだよね……」

私がテオと同じように腕組みをし、製図盤を睨んだときだった。

「ちょっ、これっ、バランスがっ、とれないぃいいいいいいいっ!?」

聞き覚えのある声とともに何かがものすごい勢いで頭上を通過し――――

　バサッ、バサバサッ!!

そのまま向こうの植木に突っ込んだ。

「ちょっと、大丈夫!?」

空飛ぶ何かが突っ込んだ中庭の植木。

そこに私が駆け寄ると、ガサガサと枝葉が揺れ、見慣れた赤髪がぴょこんと顔を覗かせた。

「あはは。失敗しちゃいました」

アンナはばつが悪そうに笑うと、いそいそと植木の間から出てくる。

その足には、私が作った飛行靴《フライング・ブーツ》。

どうやらアンナは、靴の練習をしていて操作を誤ったようだった。

「大丈夫？　ケガはない？」

私が尋ねると、衣服についた葉っぱを払っていたアンナは、にこっと笑って頷いた。

「はい。落ちる直前にふわっと空気のかたまりに受け止められたので、全然痛くありませんでした。さすがお嬢様ですね！」

「はあ………落下したとき用の安全装置がさっそく役に立ったのね。でも、ひやっとしたわ」

私はため息を吐くと、先日アンナに渡したばかりの彼女の飛行靴を見た。

2

二ヶ月前に起こった、飛竜による王城襲撃事件。

そこで私が飛竜迎撃に使った飛行靴は、新聞報道を通じて瞬く間に有名になり、各所から『売って欲しい』という要望が殺到した。

『傾きかけた工房を立て直す、まさに千載一遇のチャンス！』

一瞬、目を輝かせた私だったけれど、すぐに現実的な問題に打ちのめされた。

魔力操作が難しくてバランスをとるのが至難の業だったり。

誤って落ちたらそのまま地面に直撃だったり。

元々私が自分用に作った魔導具だったので、安全性に著しく難があったのだ。

実際あの飛竜戦のときも、気絶して落下した私をお父さまが受け止めてくれなければ、どうなっていたことか。

冷静に考えれば、そのまま売る訳にはいかない。

相当な改良が必要だった。


そうして飛行靴の再設計に掛かろうとした私。

『安全装置といえば、やっぱりエアバッグよね！』

――――などとノリノリで図面を引いていたところで、突然、意外なところから横やりが入った。

『軍用装備として極めて有用。かつ、外国への技術流出のおそれがある』ということで、一般販売についで国から待ったがかかってしまったのだ。

たしかに飛行時間が短いとはいえ、簡単にかなりの高さまで上がれるこの靴は、うまく使えば戦場を空から監視・観測することができる。

魔導銃と併せて一撃離脱的な使い方をすれば、戦場のゲームチェンジャーにもなり得るだろう。

ジェラルド殿下からは「安全面と安定性がもうちょっとなんとかなれば、騎士団で正式装備として採用するんだが」とまで言われてしまった。

一般販売を目指すにしろ、軍用装備として国に販売するにしろ、安全対策は必須。

そんな訳で、私はあらためて王都工房と協力して靴の改良に着手することにしたのだった。


さて。

では、なぜアンナがそんな危険な試作品を履いていたのか。

実はできあがった安全性向上試作の第一号は、私自身がテストした。

失敗すれば、良くて大けが。悪ければあの世行き。

そんな危険なテストを他の人にやらせる訳にはいかない。

とりあえず落下時のエアブレーキ起動テストは合格。

操作の安定化機構も一応動作テストは行った。

ただまあ、安全装置なしでうまく飛べる私がテストしても限界があるわけで……。

（試作第二号のテストは他の人にお願いするべきなんだけど――――でも、こんな危ないことを他人に頼むのもなあ）

と悩んでいたところ、ある人物から熱烈なラブコールがあった。

それが、アンナだ。


ある日の午後。

研究室で彼女が淹れてくれたお茶を飲みながら、その件で頭を抱えていた私は、迂闊《うかつ》にも、

「誰かテストしてくれないかなあ」

と呟いてしまったのだ。

と、後ろから間髪入《かんはつい》れず「私がやります！」という声が返ってきた。

「へ？」と振り向く私。

こちらにかけ寄ってきて、私の手を取るアンナ。

「お嬢さま！　そのテスト、ぜひ私にやらせてください‼」

彼女は私の目をまっすぐ見つめ、キラキラした目でそう訴えてきた。

私としては、大切な侍女にケガでもされたら嫌なので、「危ないから」と何度も止めたのだけど。

彼女の意志は固く、結局テストを頼むことになってしまった。

どうも彼女は、乗り物や動くものに強烈な憧れがあるらしい。

3

そんなことを思い出しながらアンナの試作飛行靴を見ていると、背後から訝しげな声が飛んできた。

「なあ、今のはなんなんだ？」

振り返ると、テオが腕を組み不審げにこちらを見ていた。

「私が作った試作品の飛行靴《フライング・ブーツ》よ。彼女にテストしてもらってたんだけど、バランスをくずしちゃったみたい」

「フライング――って、もしかして、それを履けば飛べたりするのか？」

「ええ。短い時間だけどね」

「マジか……」

目を丸くしてアンナの靴を凝視するテオ。

彼は次の瞬間すごい勢いで私を振り返ると、ずいっ、と顔を近づけてきた。

「レティ！　これ、僕も一足欲しいっ!!」

目をキラキラさせて叫ぶテオ。

この目は、どこかで見たことがある。

確かちょっと前に、どこかの侍女がこんな目でテスト飛行に志願してた。

私はため息を吐き、首を横に振った。

「あげたいのはやまやまだけど、残念ながらできないわ。国から譲渡規制が掛かってるの」

「規制？　なんで？？？」

「軍用品として採用される可能性があるからよ」

私の言葉に、テオは目を細めて飛行靴を見る。

そして、

「……なるほどね」

しばしの間のあと、ボソリと呟いた。


「じゃあ、ちょっとだけ履かせてよ。それくらいなら良いだろ？」

そう言って、再びニコニコと私を見るテオ。

うっ……。

すごく断り辛い笑顔。

だけど、それもダメだ。

「残念だけど、ダメよ」

私の返事に、テオは「えーーっ」と口を尖らせた。

「ちょっとだけでもダメか？　別に持ち逃げしようなんて思ってないし」

「そんなことは心配してないわ。さっきも言ったけど、その靴はまだ試作段階で危ないの。貴方も見たでしょう？　彼女が植木に突っ込むところを」

そう言って、自分の侍女を振り返る私。

「あはは……」

当の侍女は、頭に葉っぱを一枚くっつけたまま苦笑いしている。

なんにでも器用な彼女がバランスを崩すくらいだ。

やはり今のままでは危険すぎる。

靴の操作は足元からの魔力操作で行うけれど、魔導具師でもなければそこまでの微細な魔力コントロールを訓練している人はほとんどいない。

誰でも扱えるようにするには、ある程度雑な入力でも許容できるようにしなくてはならないだろう。

安定化機構の更なる改善が必要だ。


「別に、ケガくらい気にしないのに」

諦められないのか、まだぶつくさ言うテオ。

そんな彼に、私はお説教モードで言い返した。

「貴方が気にしなくても私が困るの！　病気を診るように頼まれた相手を試作品で遊ばせてケガさせたりしたら、陛下に申し訳が立たないわ。そもそも他国の王室関係者をケガなんてさせたら外交問題になるでしょう」

「うっ……。まあ、そうだけどさ」

私の剣幕に、首をすくめるテオ。

しょぼんとした彼は、しばしあって自分のミスに気がついたのか、はっとしてこちらを見た。

「レ、レティ？　君、今……」

「さて。私は何も知らないし、何も言わなかったわ」

そう言って私は、彼にとぼけてみせたのだった。

4

私の言葉に引っかかり、自らが『他国の王室関係者』であることを認めてしまったテオ。

彼は手で顔を覆い「今のは反則だ」とか呟いて頭を抱えている。

記憶にある四年後の彼には『王室関係者とは、またずいぶん盛ったな』と笑って躱されてしまったのだけど、今、目の前にいる少年は、まだそういう駆け引きには慣れていないようだった。

（まあ、それは置いといて――――）

私は、人差し指を口に当て、しばし考える。

メイドの訛りやファビオの言動から察するに、テオは恐らく、ハイエルランド南方に浮かぶ島国、エラリオン王国の王族だ。

今回の件でコンラート陛下から依頼を受けた後、回帰前の記憶を頼りに彼の素性を調べていた私は、最終的に一人の人物に可能性を絞り込んでいた。

テオバルド・ユール・エラリオン。

エラリオン王国の第三王子。

エラリオン王国は主島エラン島と付属の島嶼《とうしょ》からなる島国で、その地理的条件と優れた航海術によって、古来から内海貿易の中心地として栄えてきた。

とはいえその領土は小さく、人口もハイエルランドの三分の一程度。

質の高い海軍を保持しているとはいえ、国力全体を見ればそこまで大きいとは言えない。

一〇〇年ほど前に南方大陸の覇権国に攻められ征服されそうになった際には、最も近い距離にあったハイエルランドが北から援軍を送り、共闘してこれを撃退。

以来、『陸のハイエルランド、海のエラリオン』という言葉ができるほどに、同盟国として両国は非常に深い友好関係にあった。

5

「この飛行靴《フライング・ブーツ》だけど……」

「え？」

私の言葉に、テオがはっとして顔を上げる。

「さっきも言ったように、まだ未完成なの。だから完成してからの話になるけど、陛下にお話しして、テオに一足だけ送れるようお願いしてみましょうか」

「本当か⁉」

今までの悩みはどこへやら。

目を輝かせるテオバルド王子。

「ええ。許可が下りるか分からないけど、今回の件の報告のときに、陛下にお願いしてみるわ」

「それはぜひ……ぜひ頼む！」

目をキラキラさせながら私の手をぎゅっと握るテオ。

アンナといい、テオといい、この食いつきの良さはなんだろう？

やはり空への憧れは誰もが持つ夢なんだろうか。

いやまあ、かくいう私もこんな靴を作っちゃってる時点で、人のことは言えないのだけど。

そんなことを考えて「はは」と引き攣り笑いをしたときだった。

「では、それまでは『私だけが』この靴を使える訳ですね」

私とテオのやりとりを見ていたアンナが、なぜか『私だけが』のところを強調してそんなことを言った。

まるでテオに当てつけるかのようなその物言いに、ぎょっとして彼女を振り返る。

「！」

そこには、ゴゴゴゴゴ、という擬音がつきそうな黒いオーラを背負って微笑むアンナがいた。

「テオ様」

「なっ、なんだよ……」

怖い笑みを浮かべるアンナに、顔をこわばらせるテオ。

「レティシアお嬢さまから手をお離しくださいませ。――――失礼します」

そう言ってテオの手を掴み、私から引き離すアンナ。

「ちょっ、何をする!?」

テオが掴まれた手首をさすりながら抗議すると、アンナはすました顔でこう言った。

「相手の許しもなくレディの手を握るなんて、紳士ではありませんよ」

おお、かっこいい！

思わず毅然とした態度の侍女に惚れ直す私。

……まあ、何日か前には私もテオの手を握ってたし、このくらい構わないんだけどね。

そんなことを考えていると、今度はテオが言い返した。

「なんでお前にそんなこと言われなきゃいけないんだ？」

「私はレティシアお嬢さまの侍女兼護衛ですから。失礼な殿方からお嬢さまを守るのも、仕事のうちですわ」

「そんな、人を破廉恥《はれんち》男みたいな言うな！」

「あら、違いましたか？」

「ちがうっ」

「うふふふふふふ」

バチバチと火花を散らして睨み合う二人。

「えーと……」

そんな二人を前に、どう仲裁しようか頭を抱える私。

ひょっとしてこの二人って、相性悪い!?

結局、アンナには裏庭で練習してもらうことにして、物理的に引き離すことでその場をおさめたのだった。

6

その晩、私は机に向かいながら悩んでいた。

隣の製図盤には、例の毒蜘蛛の透視図と回路図を貼り出している。

「まずは『どこを攻めるか』かな」

私はあらためて毒蜘蛛の図面を見た。

蜘蛛は八本の脚と頭部、腹部の十か所でテオの体に張りついている。

そのうち八本の脚は、体表の魔力変化を捉える接地センサー。

頭部がテオの魔力の吸引路。

腹部が撹乱した魔力の吐出路だ。

問題の罠《ブービートラップ》は腹部の流路にあり、八本の脚の内三本以上が外れると内蔵する中型魔石に貯め込んだ魔力を高圧で放出する仕掛けになっていた。

「方法はいくつか考えられるけど……」

私は思いつくままアイデアをノートに書き出し、見返しながらそれぞれの案に○と×をつけてゆく。

そして最後に残った案に、ひときわ大きな○をつけた。

「やっぱり、これしかないわよね」

――センサーとなっている脚の部分を魔導金属線《ミストリール》で延長し、腹部をテオから切り離す。

「発作でセンサーがオフになるときを狙って、延長ケーブルを取り付けるしかない、か」

それはつまり、あの激痛が襲ってくる中で、繊細な魔力制御と指先の細かい動きが要求されるケーブル延長作業を行うということ。

「はあ……」

私は机に倒れこみ、大きなため息を吐いたのだった。

7

さらに翌日。

テオと一緒に食堂で朝食をとった私は、食べ終わるや彼の前に立ち、宣言した。

「ねえ、テオ」

「ん？　どうかした？」

「今日から一緒に『修業』するわよ！」

「はい？？？」

友好国の王子は、私の言葉に大きく首を傾げたのだった。


「ちょっと待ってくれ。修業って、なんの修業するのさ」

私の突然の『修業する』宣言に、当惑した顔で尋ねるテオ。

私は彼の胸を指差した。

「その蜘蛛を取り外すための修業よ。昨夜色々考えたんだけど、やはりあなたの協力が必要だわ。成功の可能性を少しでも高めるためにね」

「それはいいけど……具体的には？」

「あなた自身が体の中の魔力をコントロールできるように訓練するの。――蜘蛛があなたの魔力を吸い取って、戻していることは昨日話したわよね？」

「ああ。それで君が毎回、そのクマを使って暴れる魔力を抑え込んでくれてるんだよな」

ちら、と私の腰から下がっているココとメルを見るテオ。

私は彼の言葉に頷いた。

「そう。ただ、抑え込む私の魔力も大きいけど、あなた自身もかなりの魔力持ちだから、いつも完全には波を抑えられてない。実際、発作のときはまだかなりの痛みがあるでしょ」

「……そうだな」

テオは自分の手足に目を落とした。

「詳しい手順は後できちんと説明するけど、蜘蛛を取り外すためにその魔力の乱れを今以上に抑えたいのよ」

「つまり、君がやってくれてることを僕自身でできるようにする、ってことか？」

「うーん……それは難しいから『蜘蛛が吸い上げる魔力を減らす』ようにしたいの。吸い取る魔力が少なければ戻す魔力も少なくなるし、波も低く抑えられるでしょう？」

少年は私の説明に「ああ、なるほど！」とぽん、と手を叩いた。


「でも、それと蜘蛛を取り外すのと、どういう関係があるんだ？　直接的な関係はなさそうだけど」

「蜘蛛を取り外すには、罠を発動させないようにして腹の部分から外す必要があるわ。でも、そのままでは必ず脚の部分が先に外れてしまう。さて、どうしよう、ってところだけど……」

「どうするんだ？」

「脚の部分を延長して、長くするのよ」

私が、ぴっ、と指を立てると、テオは疑わしげに首を傾げた。

「脚を延長って、そんなことできるのか？」

「できるわ」と即答する私。

「こんな形をしてるけど、この蜘蛛はれっきとした魔導具だもの。脚だって一皮剥《む》けば、ただの魔導《ミスト》金属線《リール》よ」

私はドヤ顔で説明を続ける。

「脚のセンサーは、一日二回、蜘蛛が作動してるときだけは感度を落とすような仕組みになってる。そこを狙って、脚に魔導金属線を取り付けて延長するの。そうすれば、罠を発動させることなく腹の部分を先に取り外せるわ」

「……なるほど。なんとなく分かってきた」

「魔導金属線を取り付けるときには魔力量と波長を調節しながら作業をする必要があるけど、今の状態じゃテオの魔力の乱れを抑え込むのが精一杯。とてもじゃないけど同時に二つの作業はできないわ。そこで――」

「僕自身が魔力をコントロールして、君の負担を減らす必要があるわけか」

「その通り！」

私がにこりと笑うと、テオはぽりぽりと頬をかいた。

「分かった。修業するよ。僕の問題なのに、君にばかり負担をかける訳にはいかないしな」

「うんっ」

こうして私は、テオが自分の魔力をコントロールできるよう彼を訓練することになったのだった。

8

魔力操作は、魔導具師と魔法使いにとって必須の技能だ。

ただその訓練方法は家門や流派ごとに違いも多く、一般化されているとは言い難い。

中には、門外不出としている家門もあるくらいだ。

もちろん我がエインズワースにも、魔力操作を習得するための独自の方法があるわけで——

「ねえ、レティ？」

「なあに？」

「これって、本当に必要なのか？」

目と鼻の先で顔を真っ赤にしたテオが、そんなことを言った。

「もちろんよ。さあ、今度は左手に魔力を集めてみて」

「わ、わかった」

テオが、自身の魔力を左手に集め始める。

私は、彼の手に合わせた手のひらでそれを感じ取った。

そう。

私たちは今、来客棟の中庭で向かい合って立ち、互いの両手のひらをくっつけている。

こうすることで師匠《わたし》は、弟子《テオ》の魔力が、体のどこに、どれだけ残っているかをはっきりと知ることができる。

そして残っている魔力を私が動かしてやることで、魔力操作の感覚を彼に覚えてもらうのだ。

つまり、これがエインズワース家に代々伝わる魔力操作修業法だった。

「うん、なかなかいい感じ。でも、まだお腹と両足に結構な量の魔力が残ってるわ」

「――これで、どうだ？」

「もうちょっと……っと、こんな感じ」

私はくっつけた手のひらからテオの魔力を操り、右足の魔力を左手に移動させる。

「左足の方も、今私がやったのと同じようにやってみて」

「わ、分かった」

テオが魔力を動かす。

「――どうだ？」

「うーん……もう少し、かな」

私はテオの左足に残っていた魔力を掬い上げ、彼の左手に移動する。

「――っと。最終的にはこのくらいの魔力操作が即座にできるようになるのが目標ね」

私は手を離すと、テオに笑いかけた。

「なかなかハードルが高い目標だな」

顔を赤くして視線を逸らしながら、そんなことを言うテオ。

「大丈夫。初日でこれだけできるようになれば上等よ。三日も続ければ、本番で通用するレベルになるでしょう」

「その前に、僕の方がどうにかなりそうなんだが」

「ん？」

よく聴き取れず、私が首を傾げると、テオはぶんぶんと手を振って「なんでもない！」と後ずさったのだった。

9

テオとの修業が終わり、彼と別れて自分の部屋に戻ろうとしたときだった。

「お嬢さま…………」

「ひっ!?」

背後から聞こえた声に驚いて振り向くと、そこにはまるで幽霊のように、どよ～んとした顔の私の侍女が立っていた。

「ア、アンナ!? あなた、裏庭で飛行靴《フライング・ブーツ》の練習をしてたんじゃなかったの？？？」

「そうなんですけど……そうじゃないんですぅ」

「はい？」

私が聞き返すと、アンナはむくれたような顔でこう言った。

「テオ様ばかりレティシア様に指導してもらって、ズルいですぅ」

いやいやいや。

ちょっと待って。

「だって、アンナにはここに来るまでの移動中に何度もやってあげたじゃない。それで、ひとりで練習できるレベルまで上達したでしょうに」

そう。

飛行靴のテストをしてもらうために、私は王都からの移動中、ほぼ毎日、アンナに魔力操作の修業をつけてきた。

彼女はスジがよく、もう私が教えられることがないくらいには上達していた。

あとは自分で何度もトライして、地道に精度を上げていくしかない。

「でも、まだまだ足りないんです。お嬢さまに手を触れてもらって、お嬢さまの甘い香りを嗅ぎながら、お嬢さまの可愛い言葉で指導してもらわないと、私はダメなんですっ！」

ええと……うん。

なんか、色々とだめそうなのは分かったわ。

私は大きくため息を吐くと、アンナの手をとった。

「まったくもう。ちょっとだけだからね？」

「お嬢さま、大好きです！」

私の侍女は、満面の笑みで頷いたのだった。

10

その後三日ほどかけて、私とテオは魔力操作の訓練を行った。

驚いたことにテオはかなりスジがよく、二日目には身体の意図した位置に魔力を集められるようになり、三日目には発作時の『波』もある程度抑えられるようになっていた。

そして三日目の夜。

私は午前〇時の発作に備え、少し前からテオの部屋にやって来て、二人でお茶を飲んでいた。

「ねえ、テオ」

私はティーカップを置くと、テオに切り出した。

「ん？」

窓際に置かれた丸テーブルをはさんで向かいに座ったテオが、顔を上げる。

「今晩の発作でどれだけ『波』を抑えられるかを見て、明日から処置を始めようかと思うんだけど、どうかな？」

「分かった。それでいいよ。こんなもの、早く外したいしな」

そう言って、苦々しい顔で自分の胸元を見るテオ。

彼は、はあ、とため息を吐くと、こんなことを言った。

「そういえば、レティは僕がなんでこんなものを埋め込まれてるのか、訊かないんだな」

その言葉に、ドキリとする。

実は、私がこれまでテオに蜘蛛のことを訊かなかったのには理由がある。

一つ目は、それが色んな意味でセンシティブな問題だから。

政治的にも、テオのメンタル的にも。

そして二つ目は、私はやり直し前の彼から話してもらったおかげで、少しだけ経緯を知っているからだ。

今持っている情報だけでも、なんとか蜘蛛への対処はできる。

だからわざわざテオの傷を抉り、嫌なことを思い出させたくなかったのだ。

「あなたにとっては嫌な記憶かと思って……。訊いてもいいの？」

「…………」

私が尋ねると、テオは顔を上げてこちらを見つめ、やがてこくん、と頷いた。

「レティならいい。むしろ聞いてもらいたいんだ」

「分かった。聴くわ。――教えて。あなたに何があったのか」

テオは両手を組み再び視線を落とすと、その日のことを話し始めた。

11

「その日僕は、うちの商団の船に乗ってたんだ。といっても船に乗ること自体は珍しいことじゃない。物心ついたときには海の上だったし、ハイエルランド航路なんて何度行き来したか分からないくらいだ。ただ、その航海は僕にとって特別だった。太西洋にあるトリナード群島への長距離航海でね。うちの家門では一二になると遠洋航海の経験をするんだ。まあ、通過儀礼みたいなものさ」

そう言うとテオは事務机まで歩いて行き、さらさらと紙にペンを走らせると、戻ってきてその紙を私に手渡した。

それはテオの故国であるエラリオン王国の首都エラン島を基点とした周辺地図。

「その右端に描いてある島がエラン島で、すぐ上の港がここマーマルディア。それで、左の端……つまり西の果て、太西洋の真ん中に浮かんでるのがトリナード群島だ」

「トリナードというと、西大陸との中継点？　確か、北西の『帝国』や、南大陸のアーベリヤ半島との航路もあったわよね」

私が地図を指差しながら尋ねると、テオは目を丸くした。

「驚いた。ハイエルランドのお嬢さまが、なんでそんなこと知ってるんだ？」

「ま、まあ、たまたまね。ふふふふふ……」

そう笑って誤魔化《ごまか》す。

今の知識も、もちろんやり直し前の王子妃教育の賜物だ。

「まあ、知ってるなら話が早い。家から僕が与えられた課題は、四隻の商船団を率いてそのトリナードの本島まで行って積荷を売り、買付けをして帰って来るってものだった。もちろん、指南役という名のお守《も》りつきだけどな」

そう言うとテオは視線を落とした。

「航海は順調だった。四週間かけてトリナードの本島に着いた僕らは、積荷を売って、西大陸産の物品を買い付けて出航した。そこまでは順調だったんだ。……そこまでは、ね」

俯いたまま、しばし沈黙するテオ。

きっとここから先は、彼にとって苦しい記憶になる。

私はテオが口を開くまで、静かに待った。

そして、彼はそのときの話を始めた。

「あれは、出航して二日目のことだった。空は快晴。海も凪いでて、僕らは群島の島々を見ながら東を目指して進んでた。そのとき突然、二隻の中型船が左の島陰から現れて、僕らの行く手を塞いだんだ」

「海賊？」

私が尋ねると、テオは黙って頷いた。

「なんとか舵を切って避けたんだけど、あいつら、こっちの帆にバカバカ火球を撃ち込んできてさ。帆が焼け落ちて身動きがとれなくなったところで何隻もの船に囲まれたんだ」

「船団ごと囲まれたってこと？」

「そう。中型船だけで五隻はいたと思う。――それからはあっという間だった。両舷から乗り移られて白兵戦になって……僕以外、みんな殺された」

そう言ってテオは、指で目頭を押さえた。

きっと、彼にとって大切な人たちだったんだろう。

しばらく涙をこらえていたテオは、やがて顔を上げた。

「結局、船は乗っ取られ僕は海賊に捕まった。海賊船に移されて、船倉に放り込まれたところまでは、はっきりと覚えてる。だけど、それから後の記憶は曖昧なんだ。たぶん食事に何か入ってたんだと思う。暗い船倉に閉じ込められて、何日も何日も船に揺られて――――ある日突然船倉から連れ出された」

テオはそこで一度だけ大きく息を吸い、吐いた。

「麻袋をかぶせられ、そのまま担がれて船を降りた。馬車に乗せられた気もする。その後、レンガ造りの建物の中に連れてかれて、冷たい台の上に縛り付けられた。そこに真っ白な服を着た奴らが現れて、この蜘蛛を埋め込んだんだ」

気がつくと、膝の上に置かれたテオの手が震えていた。

私は席を立って彼の前に行くと、膝をついて震えるその手に自分の手を重ねた。

「レティ……」

「だいじょうぶ。ここにはあなたを傷つける人はいないわ」

しばらくそうしていると、やがて手の震えが治まったようだった。

「ありがとう。もう大丈夫だ」

そう言ったテオに頷くと、私は自分の席に戻った。

「その後はまた船に乗せられて何日も航海することになった。例によって朦朧《もうろう》とした状態でね。ほとんど何も覚えてないけど、発作の度に床を転げ回ったことだけは覚えてる。そうして次に僕が意識を取り戻したのは、自室のベッドの上だった。どうやら母国の海岸に置き去りにされて倒れてたのを、地元の漁師が見つけて騎士団に通報したらしい」

そこまで話したテオは、「はあ――」と大きく息を吐いた。

「これが、僕がこの蜘蛛を埋め込まれた経緯《いきさつ》だよ」

「ありがとう。話してくれて」

「レティには、ちゃんと聞いてもらいたかったから」

そう言ってぎこちなく微笑むテオ。

私は頷くと、しばし考え込んだ。

正直なところ、今のテオの話は初めて聞くことばかりだった。

やり直し前の彼は、細かい点はとばして要点だけしか話してくれなかったから。

その上で、今回はっきりと分かったことがある。


私は顔を上げ、テオを見つめた。

「？」

首を傾げる傷ついた少年。

「ねえ、テオ。今の話だけど……海賊に襲われたのって偶然だと思う？」

「――いや、偶然じゃない。トリナードの本島で目をつけられたんだと思ってる。うちの商船団はかなりの量の商品を積んでたし、あの海賊たちは狙いすましたように僕たちの進路を塞いでたから」

首を横に振るテオ。

そんな彼に私は――――

「違うわ」

「えっ？」

驚いた顔でこちらを見つめる少年に、私は言った。

「狙われたのはあなたよ、テオ。それも恐らく、最初からね」

12

「最初から狙われてた？　僕が⁉」

愕然とした表情で見返してくるテオ。

私は頷くと、彼に言った。

「なぜ海賊は、あなただけ殺さず、他の人は皆殺しにしたのかしら」

「それは…………僕を人質にすれば身代金を取れるけど、他の船員はそうじゃないから？」

考えながら答えたテオに、私は首を横に振った。

「それが理由だとすると、二つおかしな点があるわ」

「二つも？」

「ええ」

頷いた私に、テオが身を乗り出す。

「どんな点？」

私はお茶を一口飲み、カップを戻した。

「一つ目は、身代金ね。この件で、海賊からあなたの実家に身代金の要求ってあったの？」

私の問いに、しばし考えるテオ。

やがて彼は、ボソリと呟いた。

「……ないな。父上からも母上からも、そんな話は聞いてない」

「やっぱり。だから、殺された人たちとあなたの違いは、そこじゃないのよ」

「むう…………。ちなみに『二つ目のおかしな点』ていうのは？」

「他の船員たちだけど、海賊はなんで奴隷として売らずにその場で彼らを殺したのかしら」

「――ああ、たしかに！」

はっとした顔をするテオ。

「私も人から聞いただけだけど、帝国や南大陸にはかなり大きな奴隷市場があるんでしょう？　あなたの商会の船員たちなら何かしら優れた能力を持ってるでしょうし、四隻分の船員ともなれば、かなりのお金になるんじゃないかしら」

「ああ。いや、まあ、確かにそうだけど。――本当よく知ってるな」

テオは驚いたというより、ドン引きしたような顔で私を見る。

「きょ、教養よ。教養っ。今どきは女性でも色んなことを知ってないといけないの！」

慌てて弁解する私を「ふーん」と生温かい目で見ていた彼は、やがて「ぷっ」と噴き出した。

「まあ、今更か。その歳で伯爵だし、レティが色々と規格外なのは僕ももう知ってる」

「もうっ。人を化け物みたいに言って……」

ぷくー、と頬を膨らませると、テオは「ごめんごめん」と苦笑した。


「だけどそうなると、なんであいつらは僕たちを襲ったんだ？　たしかに積荷には西大陸の産品を満載してたけど、そこまで希少性の高いものはなかったはずなのに……」

手をあごに当てて考えこむテオに、私は言った。

「だから、よ。海賊たちの目的は『お金じゃなかった』。そう考えれば、あなたの家に身代金を要求しなかったのも納得がいくわ」

「っ……！」

「じゃあ、なんのためにたくさんの船を使ってあなたたちを襲撃したのか。彼らの目的はなんだったのか」

私の言葉に、テオがごくりと唾を飲み込んだ。

「つまりあいつらの目的は、僕を誘拐して『これ』を埋め込むことだった、ってことか？」

彼の問いに、私は頷いた。

「敵の目的は、あなたに蜘蛛を埋め込んで長期にわたって人質にとることだった。あなたの命をたてに、あなたの家を脅迫しようとしているのよ。きっとただの海賊じゃないわ。相当な規模の大商会がバックについているか、ことによると、海賊を装った他国の海軍かもしれない」

ダンッ、という音とともに、テーブルの上のカップがガチャッと飛び跳ねた。

テオがこぶしでテーブルを殴ったのだ。

本人も加減したようで、幸いなことにカップがひっくり返るということはなかったけれど。

「ちくしょう。だからかっ！」

「？」

私が首を傾げると、テオはもう一度、今度は先ほどより軽く、テーブルを殴った。

「……手紙があったんだ」

「脅迫状？」

私の問いに、彼は首を横に振る。

「内容は知らない。海岸に倒れてた僕のポケットの中に手紙が入ってて、僕が気絶してる間に父上が回収したんだ。僕が父から聞いたのは『蜘蛛を取ろうとすると爆発する』ってことだけ。自分に関わることだから見せて欲しいって言ったけど『お前は気にしなくていい』の一点張りだった」

「きっと、何かが書いてあったのね。知ればあなたが負担に感じるような、何かが」

「くっ……あのクソおやじ」

悔しそうにこぶしを震わせるテオ。

父親を恨むようなことを言っているけれど、本当は自分の不甲斐なさに怒りと失望を感じているのだろう。

その気持ちは、よく分かる。

私にも覚えがあるから。

一方で、彼の話を聞いた私自身も、心中穏やかではいられなかった。

この蜘蛛を造った者。

そして、テオをこんな目に遭わせた者たちのせいで、私も命を落としそうになったのだから。

13

私は、この毒蜘蛛の中身を見たことがある。

もちろん今世の話じゃない。

巻き戻り前の話だ。

そのときの私は、蜘蛛の取り外しに失敗して、テオに大きな後遺障がいを負わせてしまった。

彼は視力のほとんどを失い、杖なしでは歩けなくなった。

それでも「君に診てもらえてよかった」と笑った、一六歳のテオバルド。

私は自分の未熟さを呪い、そのやるせない怒りをぶつけるように、最早《もはや》その機能を停止した蜘蛛をバラバラに分解したのだった。

——せめて、テオを苦しめたその仕組みは、私自身の手で解明しようという思いで。

だが結果は、惨憺《さんたん》たるものだった。

各回路は罠の発動で焼け溶け、魔導金属が内部に飛び散っていた。

回路を読み取ることはおろか、一番太い魔力路がどう引いてあったのかすら分からなかったのだ。

それでもただ一つだけ。

元の形を留め、私の目を引いたものがあった。

それは、魔石。

その魔石は一見、我が国と周辺国で流通している普通の中型魔石に見えた。

が、実際にそれを手にしてみると、なにかが違う。

何百回、何千回と魔石に触れてきた私の手が、直感が、そう言っていた。

そうして、普通の中型魔石を横に並べたところで気がついた。

ほぼ同じ形、同じ大きさのそれは、わずかに形とサイズが違っていたのだ。

そのときの私は、それが何を意味するかが分からなかった。

だけど、今は違う。

二人分の記憶を持ち、二回目のレティシアとして『あの事件』を体験し、解決に協力した私は、それが何であるかを知っていた。

間違いない。

テオの胸の蜘蛛と、飛竜を呼び寄せた『箱』や魔導通信機に使われていた魔石は同じものだ。

14

テオの胸に埋め込まれた毒蜘蛛。

王城襲撃事件で使われた発信機。

そしてオズウェル公爵が公国と連絡を取り合うのに使った魔導通信機。

その三つの魔導具を繋ぐ『線』。

それが、規格違いの中型魔石。

果たしてこれは偶然だろうか？

それらのうち二つは、ハイエルランド王家を狙う計画に使われた。

そして残る一つは、テオの家族――エラリオン王家を脅迫するのに使われた。

思えばこの三つの魔導具は、我が国周辺の魔導技術の水準を何段階か飛び越したものだった。

そんなものを持っていた、公国と海賊。

使われた時期も近い。

それを考えると――

「どうも、単なる偶然とは思えないのよね」

「え？」

私の独り言に、聞き返すテオ。

私は彼の胸に張りついている魔導具を指差した。

「その蜘蛛だけど……少し前にハイエルランドで起こった王城襲撃事件で犯人が使っていた魔導具と共通点があるの」

「は⁉」

驚愕に目を見張る第三王子。

私は簡単に事情を説明する。

蜘蛛の魔石の大きさは、魔力感知での推定、ということにして。


「つまり、僕を襲った海賊は、公国の息がかかった連中だったってことか⁉」

テオが「信じられない」という顔で叫ぶ。

私は首を横に振った。

「一概にそうとは言えないわ。その蜘蛛にしても、こちらで問題になった魔導具にしても、従来の公国の技術に比べてはるかに進んでいるもの。――――それに、公国は太西洋に面してないでしょう?」

「ああ。たしかに、あの国は北海側だな」

あごに手を当てて呟くテオ。

我が国がある北大陸は東西に長く、南東に内海、南西に太西洋、北を北海という海に囲まれている。

内海と太西洋は繋がっているけれど、北海は東から大回りして北上しなければ船で行くことはできない。

「ハイエルランドは内海に面してるけど、公国の南側にはアルディターナ王国があるから、南の海に直接アクセスすることはできないわ。そんな公国が太西洋で何かをするかしら」

アルディターナは公国の南、我が国の南西部が接する半島国家だ。

一応王政なのだけど、諸侯の力が強く王権は弱い。

古い都市国家の集合体という様相の国で、元々公国もアルディターナの一部だった歴史がある。

「むう……」

私の言葉に、テオは顔を顰めて考え込む。

しばらくして彼は、観念したように両手を上げた。

「それじゃあ一体、海賊のバックにいるのは誰なんだろうな」

「正直、私にもなんとも言えないわ。たまたま魔導具の仕入れ先が同じだったって可能性もあるし——」

私は言いながら、ポケットから懐中時計を取り出した。

「さて。そろそろ時間ね。この話はまた明日にしましょう」

「分かった」

テオは素直に頷いた。

15

その夜の発作で、私たちはかなりのレベルで蜘蛛が作りだす『魔力の波』を抑えることに成功した。

発作中に蜘蛛の脚に延長線を取りつける動作を試してみて「なんとかできそう」という感触も得られた。

テオからも「問題ない」という答えが返ってきたので、二人で話し合って早速翌日の昼から処置に掛かることにする。

少なくとも三本の脚を魔導金属線で延長しなければならないため、処置は二、三回に分けて行う。

それぞれが一発勝負。

万が一しくじれば、テオは回帰前と同様、重い障がいを負ってしまうだろう。

「最終的に決行するかどうかは、そのときにテオが決めて。心身ともにベストの状態で臨みたいし、延期しても私はあなたが臆病だとは思わないから」

「冗談。そんな逃げ道はいらねーよ」

そう言って涼しい顔で笑うテオ。

そのこぶしは強く握られ――――震えていた。

怖くないはずがない。

それでも彼は、前に進もうとしているのだ。

それなら私は――――

「大丈夫。私も全力を尽くすわ」

そう言って片手を差し出す。

テオは一瞬きょとんとした後、その手を握り返してきた。

「ああ。よろしく頼むぜ、相棒」

そう言って笑い合ったのだった。

16

決行の日の昼前。

私とテオは発作に備え、彼の部屋で待機していた。

テオはベッドに半身を起こし、私は傍らで準備をして待ち構える。

「な、なんか怖いな。それ」

私の右手に握られた魔導ごてを見て、顔を引きつらせるテオ。

「大丈夫よー。痛くないし、怖くないわよー。ふふふふふふふふ」

左手に魔導金属線《ミストリール》、右手に魔導ごてを持って微笑む私。

「いや、まじで怖いからっ！」

テオはドン引きして後ずさる。

「んー。じゃあ延期にする？」

「延期しないっ！」

私の問いに、声を張り上げるテオ。

「延期しないけど、その不気味な笑顔はやめろよな」

「失礼ねえ。もう処置するのやめようかしら」

「えっ？　ちょっ、ちょっと待った！」

少しだけむくれて見せると、テオは慌てて私を制止した。

「冗談よ」

首をすくめてにやりと笑う私。

「実際、今日触るのは蜘蛛の脚だけだし、痛みもないから安心して」

「……分かってるさ。レティのこと信じてるし」

唇をとがらせ、そんなことを言うテオ。

これはあれかしら。古き良きツンデレというやつかしら？

そんなことを考えていたときだった。

ゴーン、ゴーン、ゴーン……

窓の外から正午を告げる鐘の音が響いてきた。

「ココっ、メルっ!!」

『はいよー』

『はーい』

傍らのテーブルに座っていた、クマたちが飛び上がる。

「それじゃあ、いくわよ!?」

「おうよ‼」

自らの魔力を両足に集め始めるテオ。

私は叫んだ。

「『魔力安定化《クエスキオ・マギーア》』！」

そして、蜘蛛との戦いが始まった。

17

パリッ――　パリッ――

「ぐっ……！」

テオの全身を駆けめぐる紫電。

彼はその痛みに耐えながら、自らの魔力を足に移し耐えていた。

一方の私はクマたちに魔力を送り、彼の魔力の波を全力で抑え込む。

「っ……！　ぐぅっ……っ！」

紫電が迸るたびに、びくんと跳ねるテオの身体。

『波』を抑え込んでも、このままでは細かい作業ができない。

私は動く身体を固定しようと、左の肘で蜘蛛を押さえつけた。

ビリビリッ！

触れた瞬間襲ってくる、魔力の『波』。

「っ……！　始めるわ」

痺れる左腕に耐えながら、両手に持った魔導ごてと魔導金属線を蜘蛛の脚に近づける。

脚の関節から覗く、鈍い銀色の線。

その部分にはあらかじめナイフで傷をつけ、被覆を削ってある。

あとは左手に握った延長線をくっつけるだけ。

「くっ……」

断続的に襲う魔力の波。

その痛みに耐えながら、延長線の先を蜘蛛の線に接触させ、押し当てた魔導ごての波長を変化させる。

　ジュッ
わずかに煙が上がり、金属線が一瞬だけ液状化する。

その瞬間、私はすぐにコテ先を離した。

「はっ、はっ――」

延長線を引っ張り、強度を確認する。線はしっかりとくっつき確かな抵抗を返してきた。

「せ、成功っ！」

痺れは既に全身に広がり、立っているのもやっとだ。

だけど休んでいる暇はない。

蜘蛛のセンサーがオフになるのは、『波』を発生させている間だけ。

すぐに延長線の反対側の先もくっつけなければ、罠が発動してしまう。

私は傍らに置いた懐中時計を見た。

『波』の持続時間は、きっちり三分。今ちょうど一分が経過したところだった。

残り二分で、もう片方の端をくっつける。

「くっ……！」

私は再び左肘で蜘蛛を押さえつけると、魔導金属線《ミストリール》を蜘蛛の関節に押しつけた。

18

結果から言えば、処置はなんとか完了した。

タイムリミットぎりぎりで二本目をくっつけた瞬間、思わずその場で座り込んでしまったけれど。

左肘から襲って来た『波』は、私の全身を痺れさせた。

震える両手。

力の入らない両足。

痙攣するテオの身体と『波』による痺れが、正確な処置を妨げた。

実は二本目をくっつけるとき、あまりの痺れに一度仕切り直しをした。

テオから離れ、体内の魔力を整え、痺れを緩和させる。

そうして臨んだ二回目のトライで、ようやく延長線のもう片方の端をくっつけることに成功したのだ。

「だ、大丈夫かレティっ⁉」

自分も辛いだろうに、ベッドから未だ痙攣の治らない手を伸ばしてきたテオ。

私もなんとか腕を持ちあげ、その手に触れた。

「――――ちょっと、キツかったかな」

荒い息を吐きながら、言葉を返す。

そうして私たちは、半ば感覚のなくなった手を握り合ったのだった。

19

最初の処置から二日後の昼。

計四本の脚に延長線をとりつけた私たちは、最後の仕上げ――――テオの肌に食い込んだ蜘蛛の腹を引き剥がす処置に掛かっていた。

「ぐっ……うっ‼」

痛みに歯を食いしばるテオ。

回帰前の記憶と事前の診察から、蜘蛛は魔導金属製の返し針でテオの胸に取り付けてあることが分かっている。

その針を瞬間的に液状化させ、するりと引き抜く。

言葉で言うのは簡単だけど、患者には大きな痛みが伴う処置。

『波』の痛みに加え、針の痛みも相当なはず。

二つの痛みにテオはよく堪えていた。

「っ……!!」

私は蜘蛛の腹の先に魔導ごてを当て、波長を変化させてゆく。

「ぐぅっっ！！！！」

テオの呻き声とともに、するりと針が抜ける。

針が抜け、穴があいた皮膚から、だらりと血が流れた。

「アンナ、水とガーゼを！」

「はいっ！」

私は傍らで準備してもらっていたアンナからコップとガーゼを受け取ると、蒸留水でテオの傷痕を洗い流し、ガーゼで塞いだ。

「っ……」

苦痛に顔を歪めるテオ。

「ごめん、沁みたね」

私がそう声をかけると、テオはぶんぶんと首を横に振った。

「こんなの、どうってことない。それより、『波』が――」

彼の言葉に、私は頷く。

「これでもう、あなたが発作に苦しむことはないわ」

「――――っ!!」

テオはあらためて自分の胸を見た。


蜘蛛の腹から出ていた針は、私がくるりと曲げて宙に浮かせてある。

針の先端からはときおり、パチ、パチと青白い火花が飛んでいた。

これでこのおぞましい魔導具は、二度とテオを苦しめることができなくなったわけだ。

テオの目から、つー、と涙がこぼれ落ちた。

この半年、彼はどれほどつらい思いをしてきたのだろう。

毎日発作に苦しめられるだけでなく、『爆発する』と脅されたため家族からも距離をおかれてしまった。

それを思うと、彼の涙に安易に触れることすらできなかった。

私はテオが落ち着くのを待って、尋ねる。

「それで……どうする？　テオ」

「――――ん？」

「残りの頭と脚の針も、今抜いちゃう？　それともまた日をあらためてにする？」

私の言葉に、テオはちょっとだけ躊躇うと、顔を上げこちらを見つめた。

「もしレティが負担じゃなければ、今できるところまでやって欲しい」

その目に迷いはない。

私は頷いた。

「わかったわ。全部抜いて、こんなものさっさと投げ捨てちゃいましょ！」

そう言って、ぐっ、とこぶしを握る。

それを見たテオは、ぷっ、と噴き出して涙を拭った。

「ありがとう。頼むよ、レティ」

こうして私は、残る頭部と八本の脚の取り外しにかかったのだった。

20

三日後。

無事処置が終わり、私たちがマーマルディアを出立する日。

テオと護衛のファビオ、それに南の離宮の管理をしているケッセル子爵が、車寄せまで見送りに来てくれていた。

「この度は、お世話になりました」

そう謝意を述べた私に、ケッセル卿が微笑んだ。

「快適に過ごしていただけたのならなによりです。またお会いする日を楽しみにしておりますよ。エインズワース卿」

「私もです。ケッセル卿」

そう言って互いに立礼をする。

次に私が隣に立つファビオに視線を移すと、体の大きな騎士は、すっと片膝をついた。

「エインズワース伯爵閣下。この度は我が主の呪いを解いていただき、本当に、本当にありがとうございました！」

膝をついたまま、大きな声で感謝の言葉を述べるファビオ。

私はそんな騎士に、慌てて言った。

「あのっ、ええと――お立ちくださいファビオさま。私はコンラート王陛下からの勅命を果たしただけです。ファビオさまに膝をついていただくようなことはしていませんよ」

だがファビオは姿勢を変えようとしない。

「いえ、それでもです。これまで何人もの魔術師、呪術師が成し得なかったことを閣下は果たされました。閣下のおかげで、我が主にも笑顔が戻り…………家臣としてこれほどの喜びはございませんっ!!」

そう言って、ぼろぼろと涙をこぼす大柄な騎士。

「ええと……」

どうしたものかと思わず隣のテオバルドを見ると、少年は顔をしかめ、バン、バンッと騎士の背中を叩いた。

「ほら、立てファビオ！　レティが困ってる」

「はっ！　申し訳ございませんっ!!」

すくっ、と立ち上がるファビオ。

その顔は、大量の涙で濡れていた。

「まったく。いつも大げさなんだよ、お前は」

「はっ！　申し訳ございませんっっ!!」

巨漢の騎士は、そう言ってガバッと頭を下げたのだった。


最後に私は、この二週間共に戦ってきた同い年の男の子の方を向いた。

「……っ」

思わず、というように目をそらすテオ。

彼は、ちらっとこちらを見ると、口を尖らせた。

「行っちゃうのかよ」

ぼそりと呟いたその言葉に、私は名残《なごり》惜しさを感じる。

「本当はあなたが自分の国に帰るまでいてあげたいところだけど……私にもやらなきゃならないことがあるのよ」

領地の引き継ぎ作業を放り出してきてしまったし、魔導ライフルの量産立ち上げの件もある。

どちらも父がうまく進めてくれているだろうけど、最終的な確認はやはり自分自身でやっておきたい。

私の言葉に、ぐっ、とこぶしを握るテオ。

彼は何かを逡巡し、口を開いた。

「また、会ってくれるか？」

「もちろん」

「本当に？」

「私たち、一緒に戦った戦友でしょ？」

「うちに遊びに来いよ」

「……時間ができたらね」

しばらくはなかなか時間がとれないだろうことを予想してそう言うと、テオは不機嫌そうな……泣きそうな顔をする。

「じゃあ、僕がレティのとこに行く。それならいいだろ？」

「テオ……。わかった。待ってるから」

「約束だ」

手を差し出すテオ。

「ええ。また、会いましょう」

私は彼の手をとると、その手を強く握り返したのだった。

21

こうしてマーマルディアでの私たちの戦いは終わった。

テオは蜘蛛の呪いから解放され、私は回帰前の『失敗』のリベンジを果たすことができた。

大勝利と言っていいと思う。

だけどその一方で、新たな謎も出てきてしまった。

魔導通信機と蜘蛛に使われていた規格外の魔石と、海賊のことだ。

――――どうやって調べたらいいんだろう？

馬車の窓から遠ざかる海を見ながら、そんなことをぼんやり考えていると、

「お嬢さまにとって、今回の旅は良い旅になりましたか？」

向かいのアンナがそう言って微笑んだ。

「そうね」

私は彼女とテオの鍔迫《つばぜ》り合いの日々を思い出して、思わず苦笑する。

「悪い虫もいなくなりましたし、これでようやく私も枕を高くして眠れます」

ふんっ、とこぶしを握りそんなことを口走る私の侍女。

「アンナ……」

結局二人は、最後まであの調子だった。

（テオがうちに遊びに来たら、どうなることやら……）

私は、ふっと笑うと、再び窓から見える海を瞳に焼きつけたのだった。

★⋆第3章　三つのご褒美⋆★

1

「おかえり、レティ」

王都の屋敷で馬車を降りた私。

そんな私を真っ先に出迎えてくれたのは、やっぱりお父さまだった。

「パパっ！」

私はお父さまにかけ寄り、その腕に飛び込んだ。

「危ないことはなかったかい？」

心配そうに尋ねる父。

「はい。長旅でお尻が痛くなったくらいで、とても楽しい旅でしたよ」

私の言葉に、父は安堵のため息を漏らした。

「そうか。送り出したは良いものの、お前のことが心配になってな。何度後を追いかけようとしたことか……。その度に皆に引き戻されてしまったがな」

「え……」

思わず顔を引き攣らせる。

実はマーマルディアに向けて出発するときも大変だったのだ。

いざ出発するときになって、

「やっぱり行くのを止《や》めないか」

とか、

「護衛をあと二〇人増やそう」

とか、挙げ句、

「よし、私も一緒に行くぞ！」

と言い出したときには、私だけでなく使用人総出で思いとどまらせたのだった。

――――が。

この人はまたやったのか。

あれを。

「お父さま。あまり皆を困らせてはいけませんよ？」

私が、めっ、と指を立てて注意すると、

「あ、ああ。もちろん分かってるとも」

と、すっと目をそらしたのだった。

うん。

またやるな。これは。

私が「はあ」と小さくため息を吐くと、父は私に向き直った。

「疲れているようだな。陛下には私が連絡を入れておくから、今日はゆっくり休みなさい」

「……ありがとうございます、お父さま」

私は喉まで出かかった「お父さまのせいですよ？」という言葉を飲み込むと、父に手を引かれて久しぶりの自室に戻ったのだった。

2

さて。

そうして帰宅した私だったけれど、予想通りというかなんというか、今回も王城からの連絡は早かった。

私の帰還を知って駆けつけた二人の兄。

家族四人で夕食をとった後、談話室で歓談していると、城から信書を持った遣いがやって来たのだ。

「さすがに一日は空けてくださるようだな」

さっと目を通した父は私に手紙を渡す。

そこにはテオを治療したことへの感謝と、問題がなければ明後日か、もしくは近々の日程で登城を要請する旨が書かれていた。

「それで、どうする？　レティ」

侍従を呼び、便箋とペンを持ってくるよう言いつけた父は、私に問うた。

「もちろん、明後日に報告にあがります」

「体調は大丈夫かい？」

「はい。帰宅して半日休ませていただきましたし、先ほどお話ししたように『蜘蛛』に使われていた魔石の件もありますから」

私はそう言って、テーブルの上に広げていた二枚の紙を見た。


そこに描かれているのは、実寸大の魔石の図。

片方は魔導通信機に使われていたもの。

もう一つは、例の蜘蛛に使われていたものだ。

どちらもうちで持ち帰って管理することができないため、採寸してきちんと寸法を合わせて描いてある。

次兄のヒューバートが二枚の図を手に取った。

「現物を並べるのが一番だけど、こうして重ねて見るだけでも酷似してるのが分かるよね」

そう言って二枚の紙を重ね、傍らの魔導灯に透かしてみせた。

二枚の紙に描かれた魔石の図は、形とサイズがぴたりと一致している。

「片方は王族の襲撃計画に使われ、もう片方も貴人の脅迫に使われていた訳か……」

呟き思案する、長兄のグレアム。

父と兄たちには現段階でテオの素性について明らかにすることはできないので、『恐らく外国の貴人の息子』とだけ伝えてあった。

私は父に向き直った。

「正直なところ、この一致が何を意味するのかは私にも分かりません。通信機と蜘蛛の製作者が同じである可能性を考えましたが、魔導回路を比較すると明らかに蜘蛛の方が設計が洗練されていましたし、基板についても通信機が木製であるのに対し、蜘蛛は大理石のような石板の上に回路が引かれていました。断定することは難しいと思います。ただ、だからこそ早めに陛下にお伝えした方が良いかな、とも思うんです」

「なるほどな」

父は頷くと、私の顔を見た。

「他でもないお前がそう言うのだ。是非もない。それでは明後日に登城すると、陛下に返信しよう」

こうして私とお父さまは、二日後に陛下に報告に上がることになったのだった。

3

翌々日。

私と父は、再び陛下の執務室に通されていた。

「エインズワース卿、まずは礼を言おう。よくぞ困難な処置をやりとげてくれた。おかげで私の『友人』も子息を喪わずに済んだ。つい先日、彼から早馬で感謝の手紙が届いたよ」

向かいのソファに座った陛下は、そう言って優しげな目で私を見つめた。

おそらく『友人』というのはテオの父親、エラリオン王のことだろう。

私は一瞬だけ思案しこう返すことにした。

「テオさまのお父上も喜ばれているようで何よりです。ですが処置がうまくいったのは、私一人の力ではありません。何よりテオさまご自身が、激痛に堪えながら自らの魔力をコントロールされたのが大きかったです」

「魔力を？」

「はい。処置中の発作による痙攣《けいれん》を抑えるため、特訓してご自身の魔力を制御していただいたのです。おかげで私もミスなく処置を進めることができました。もし陛下がご友人とやりとりされる機会がありましたら、テオさまの努力についても触れられると先方もお喜びになるでしょう」

「そうか。それはぜひ返信に書こう」

陛下は大きく頷いた。

（これでテオとご両親の距離が少しでも近くなれば良いのだけど……）

私がそんなことを考えていると、陛下が言った。

「ふむ。その様子だと子息とも良好な信頼関係を築けたようだな。最初に友人からもらった手紙には『呪いのせいで人間不信になっている』と書かれていたので心配していたんだが」

「確かに、最初は面会拒否からスタートしましたね」

「やはり大変だったのだな」

「まあ、護衛の方に『お話し』して強行突破しましたけど」

(ぶっ!)

噴き出す父と陛下。

「……へいか。おとーさま。レディに対して少しばかり失礼ではありませんか？　これでも色々と苦労しましたのに」

私が口を尖らせると、二人は慌てて弁明を始めた。

「い、いや、今のは『エインズワース卿も苦労したのだな』と驚いたのだ。なあ、オウルアイズ卿？」

「えっ？　あ、そ、そうですな。——そう。決して笑った訳ではないんだよ、レティ」

陛下から急に振られ、慌てて話を合わせるお父さま。

「むう」

私が眉を顰めると、陛下は焦ったようにこう言った。

「と、とにかく今回はよくやってくれた。卿の活躍について儂《わし》はとても感謝している。その感謝のしるしとして、実は卿には謝礼の他にいくつか褒美も用意してあるのだ」

「ご褒美、ですか？」

「ああ、そうだ。まずは一つ目の褒美から説明しよう」

陛下はそう言うと、チリンチリン、と傍らのベルを鳴らした。

間もなく部屋の扉が開き、侍従が姿を現す。

「お呼びでしょうか、陛下」

「ああ、呼んだ。待機室で待ってもらっている、都市開発局の第三書記官を通してくれ」

「承知致しました」

一礼して退室する侍従。

私は首を傾げた。

「書記官さま、ですか？」

「ああ。城で働いている行政官の中で、卿のところで使えそうな者を選抜しておいたのだ」

「はい？」

聞き返した私に、陛下はにやりと笑った。

「以前、領地相続の件で四苦八苦していると言っておっただろう？」

「えっ、あ、確かに申しましたが……」

「儂としても卿がそのようなことで手一杯になるのは本意ではないのだ。そこで今回の件の褒美として、一人優秀な補佐官を卿につけようと思ってな」

「ええっ？　そんな話は初めて聞きますが」

「そりゃあそうだ。今初めて言ったからな」

にっ、と笑う陛下。

いや、確かに書類仕事を手伝ってくれる人がいれば助かるけど……。正直、家族や使用人以外の男性と日常的に顔を合わせるのはしんどい。

「あの、陛下」

「ほれ、どうやら来たようだぞ」

直後、扉がノックされる。

「入れ」

陛下の言葉の後、扉が開き——

「都市開発局、第三書記官のソフィア・ブリクストンです」

ぴしっとした服装の二〇代半ばの女性が、姿を現した。

4

ソフィアという名のその女性は、眼鏡ごしに私たちを一瞥すると事務的に小さく立礼した。

「参りました、陛下」

「うむ。待たせたな、書記官」

コンラート陛下は腰を上げ、彼女のところに歩いて行く。

お父さまと私も立ち上がり、すぐに陛下に続いた。

「紹介しよう。先ほど言ったように、エインズワース卿の領地経営をサポートするために派遣を検討

している、ウェストフォード子爵令嬢だ」

陛下に紹介された女性は、今度はきちんとしたカーテシーの礼をとる。

「ウェストフォード子爵家次女、ソフィア・ブリクストンと申します。現在は内務省都市開発局にて行政官として働いております」

「オウルアイズ侯爵を賜っている、ブラッド・エインズワースです」

ソフィア嬢の挨拶に、まずは父が応える。

続いて私もカーテシーで挨拶をした。

「エインズワース伯爵を賜っております、レティシア・エインズワースと申します。よろしくお願いしますね」

姿勢を戻した私をじっと見つめるソフィア嬢。

一拍置いた後、彼女はあらためて「よろしくお願い致します」と会釈をした。

「ソフィア嬢は城の行政官の中でも特に優秀でな。この若さで第三書記官に任じられておる。卿につける者を探したとき、複数の部署から推薦があったのだ」

「とても優秀でいらっしゃるんですね」

私が感嘆の声をあげると、陛下はうんうんと頷いた。

「卿のサポートをする以上、無能な者をつける訳にはいかんからな。一応、彼女には候補として来てもらったが、もちろん他に良い者がいるのならそれでも良い。その者の給与は王家が負担しよう。

——どうするかね？」

「そうですね……」

陛下の問いに私はしばし逡巡し、あらためてソフィア嬢を見た。

動じることのない二つの瞳が私を見返してくる。

複数の部署からの推薦。

これは額面通り受け取って良いんだろうか？


我が国の官僚組織にあって、女性の行政官というのは珍しい。

建前として行政官試験は女性にも門戸を開いているけれど、まだまだ保守的な考え方が残る我が国では『女性は結婚して家を守るもの』という意識が強く、女性官僚は数えるほどしかいない。

そんな中で彼女は、若くして第三書記官に任ぜられているという。

局長を除く局内の第三席。推薦もされているし実務能力は確かなのだろう。

だけど、複数部署からの推薦というのは少し引っかかる。

わざわざよその部署の人間を推薦するというのは、どういうことだろう？

それほどまでに優秀なのか。それとも？？？

私は陛下に向き直った。

「陛下。後ほどソフィア嬢と少しお話しさせていただいて、その上でお返事させていただいてもよろしいでしょうか？」

「もちろんだ。そなたの右腕となる者だし、合う、合わないもあるだろう。——それでは書記官。悪いがまた待機室で待っていてくれ」

「かしこまりました」

ソフィア嬢は一礼すると、退室した。

5

再びソファに戻った私たちは、残る二つの『ご褒美』を陛下から賜ることになった。

「一つは、これだ」

陛下が棚の引き出しを開けて持って来たのは、金細工と宝石で装飾された宝石箱だった。

「今回の件は王家からの依頼だからな。国からではなく王家から褒美を渡そうと思っておる。さあ、開けてみなさい」

陛下の言葉に従い、箱を開ける。

「これは……！」

それは澄んだ青い光を湛えた石――魔石を嵌め込んだペンダントだった。

「手に取っても？」

「もちろんだ」

私はそのペンダントを手に取った。

手の平に伝わってくる力強い魔力。その力は強く澄み渡り湖のように静かに安定している。

「これほどの純度の魔石は、見たことがありません」

驚く私に陛下は「そうだろうな」と微笑する。

「それに、安定した状態でここまで魔力密度を上げるのは、誰にでもできることじゃないはずです！」

「うん、うん」

陛下は楽しそうに頷いた。


一般的に魔石は、純度が高いほど、そして大きければ大きいほど、多くの魔力を蓄えることができる。

自然界にある魔石の場合、石自体が保持している魔力はその最大容量の半分程度。そこから人為的に魔力を注入すると八割程度まで増やすことができると言われている。

もっとも市販されている魔石のほとんどは魔力の追加などされていないのだけれど。

粗悪品を売る店は採れた魔石そのままで。エインズワース工房のようにきちんとした魔石を売る店でも、安定化の処理までで店頭に並べることがほとんどだ。

追加で魔力を注入したものは、贈答用や装飾用など特別な品物に限られる。

なぜか。

これは主に、魔力注入にかかる手間とコスト、そしてリスクによるところが大きい。

魔石に魔力を注入するにはかなりの圧力で均等に魔力を注がねばならず、補充中に魔力バランスが崩れれば最悪爆発する可能性がある。その作業は基本的に手作業で、魔力保有量が多く、魔力操作に長《た》けた者でなければ担うことができない。

よしんば無事に魔力注入が終わっても、中の魔力が十分安定していなければ、これまたちょっとした衝撃で爆発しかねない危険なものになってしまう。

魔石の入手が主として魔石鉱山での採掘と、討伐された魔物からの採取に頼っているのは、それが理由だったりする。

リサイクルできない訳じゃない。

だけどその作業は危険で、人を選び、手間ひまがかかり過ぎる。

今ですら魔石は希少で高値で売り買いされているのだ。

もしこの先、魔導具が普及して魔石を大量消費する時代がくれば、資源問題が顕在化しリサイクルが大きな課題となるだろう。

それはさておき。

私の手の中のペンダントには、親指ほどの大きさの魔石が嵌め込まれている。

サイズで言えば魔導ライフルに使う小型魔石ほどの大きさで、装飾品として使うにはちょうどいいサイズだと思う。

問題は、その魔石から尋常じゃない魔力の『重み』が伝わってくること。

普通なら一〇倍近い大きさがなければ入らないはずの大量・高密度の魔力。これだけの魔力量に耐える純度の魔石を、私は見たことがない。

さらに驚くべきことに、この魔石はそれほどの魔力密度を安定して保っているのだ。

これだけ高密度の魔力を安定させる技術を持つ者は、そうはいないはず。

ひょっとしたら、私ならできるかもしれない。

でも繊細な魔力操作から遠ざかっているお父さまやお兄さまたちではちょっと厳しいだろう。

一体、この魔石に魔力を注ぎ、安定化させたのは誰なんだろう？


「うーん……」

私がペンダントを裏返したりして観察しながら考え込んでいると、隣から覗き込んでいたお父さまが、はっとしたように口を開いた。

「陛下。ひょっとしてこれは『スティルレイクの雫』ではありませんか？」

父の言葉に陛下がにやりと笑った。

「さすが当主、というところだな。その通り。これは『スティルレイクの雫』だ」

「やはり！」

目を見開く父。

「お父さま、このペンダントをご存知なのですか？」

私の問いに父は深く頷いた。

「ああ、知っているとも。『スティルレイクの雫』は私の祖父、お前のひいお爺様が当時の国王から依頼されて魔石の加工を行い献上したものだ」

「ひいお爺さま……魔導コンロや氷室、魔導動力車を開発された、あのヨアヒムさまですか？」

「そうだ。よく知っているな」

目を丸くするお父さま。

「色々な意味で突き抜けた方だったと、お兄さまたちから聞きました」

「ああ、あの子たちから聞いたのか」

父は納得顔で頷いた。


曽祖父、ヨアヒム・エインズワースは、家門の歴史の中でも三本の指に入る優秀な魔導具師だったと言われている。

もっとも今の親族からは『多額の借金をして家門を傾けた愚か者』と眉を顰められるのだけれど。

実際、お祖父さまは曽祖父さまの借金を返すため、魔導武具の設計・生産技術を王立魔導工廠に売らなければならなかった。

エインズワース家が魔導具の新規開発に見切りをつけ、オウルアイズ騎士団での魔物討伐請負いに家業の転換を始めるきっかけを作った人でもある。

ある見方では『時代を先取りした天才』。

また別の見方では『借金で家門を傾けた愚か者』。

その功罪は、相半ばする。

ただまあ、かのヨアヒムさまならこれだけ高度な魔力注入と安定化をこなしてみせたというのも納得できる。

曽祖父さまは、やはり偉大な魔導具師だったのだ。

お父さまは、説明を続けた。

「そのペンダントは、当時の王が高位魔法使いだった王妃にプロポーズした際に贈ったものだ。妃が亡くなってからは見た者がいなかったというが……」

「まあ、城の宝物庫に眠っとったからな」

はっはっは、と笑う王陛下。

「宝物庫って、これ国宝じゃないですか？　そのようなものを私がいただいても良いのでしょうか」

ドン引きする私に、陛下はふっと笑って頷いた。

「よいのだ。今の王家にはそれを身につけるに相応《ふさわ》しい者もおらんし、何よりそなたはそれだけのことを成し遂げたのだ。胸を張って受け取りなさい。それに宝物庫で埃を被っておるより、いざというときにそなたの役に立った方が有用だろう」

そう言って笑う陛下に、私は根負けした。

「そこまで仰るのであれば、有り難く頂戴致します」

「うむ。必要になったら躊躇せずに使いなさい」

「承知致しました」

私はその場で首《こうべ》を垂れたのだった。

6

「さて。最後の褒美は、これだ」

陛下が事務机から取って来てテーブルに広げたのは、一枚の書類だった。

その紙を覗き込む、私とお父さま。

「ええと……『貸与契約書』ですか？」

書類のタイトルを読んだ私に、陛下が頷く。

「国内の魔石鉱山が、全て王家の所有となっていることは知っておるな？」

「もちろんです」

陛下が仰ったように、国内の魔石鉱山は全て王家の所有となっている。

これは、戦略資源である魔石の価格と流通量を統制する目的で実施されている政策だ。

同時に、鉱山の所有権を巡って領地同士が揉めるのを避ける意図もあるのだという。

もちろん鉱山は色んな領地に点在しているので山だけの飛び地という扱いであり、採掘で得られる利益の一部がその領地に支払われる仕組みになっている。

ちなみにオウルアイズ領にも一つだけ魔石鉱山があり、我が家門は代々その山で産出した魔石を買い入れて加工してきた歴史がある。

そんなことを思い出しながら、長々と書かれた本文を読もうと再び書類に目を落とす私。

するとと陛下は、あっさりその内容を口にした。

「色々と書いておるが、要するにオウルアイズ領にある魔石鉱山の採掘権をエインズワース卿に貸与する、という話だな」

「「はい?・?・?・」」

私はお父さまと同時に、爵位授与式以来となる素《す》っ頓狂《とんきょう》な声をあげてしまったのだった。

7

驚きのあまり変な声をあげてしまった私は、こほん、と咳払いして陛下に向き直った。

「それは、オウルアイズ領にあるグリモール鉱山を自由に採掘して良い、ということでしょうか?」

私の問いに、頷く陛下。

「いくつか条件つきではあるがね。簡単に言えば『外部への販売量と販売価格は制限するが、オウルアイズとエインズワース両家が使う分については、自由に掘ってもらって構わない』という内容だな」

「ああ、なるほど。そういうことですか」

得心が行った顔になるお父さま。

同時に私も理解した。

低コストで無制限に魔石が使えるのは私にとって非常にありがたい。

これから進めようと思っている様々な魔導具の開発には、相当な試行錯誤と大量の魔石が必要になるだろうから。

けれど、その魔石を自由に流通できるとなれば他の貴族からの反発は必至。

ライバル工房からの反感も相当なものになるだろう。

彼らの不満を抑えながら私にとってもメリットがある形を考えると、陛下が仰った制限案はベストの解決策と言える。

流通量と価格に制限をかければ、市場への影響は抑えられる。

同時に私は魔導具開発を安価に、スムーズに進められる。

まあ、元々うちが販売している魔石は安定化に手間ひまをかけているので高価だし、多少材料仕入れが安くなったところでそこまで安値で売れる訳じゃない。

消耗品の魔石販売ではなく、革新性のある魔導具の開発で勝負してきたエインズワース家としては、「のぞむところ」だ。


「すごくありがたいご提案です！　それに今ご説明いただいた条件についても、素晴らしいご采配だと思います」

私がやや興奮気味にそう言うと、陛下は満足げに頷いた。

「そうかそうか。卿が喜んでくれてよかった。ちなみにこの魔石採掘権の条件付き貸与案だが、考えたのは先ほど紹介したウェストフォード子爵令嬢なのだ」

「えっ、あの方のご発案なのですか⁉」

目を丸くする私。

「ああ、そうだ。儂が面接で『補佐官の派遣とペンダント以外に何がエインズワース卿への褒美として相応しいか』と問うたら、この提案を出してきたのだよ。良案であったので、令嬢の推薦と併せて採用することにしたのだ」

「そうでしたか。ひょっとしてこの書類もソフィア嬢が素案を作成されたのですか？」

「素案どころか、儂のサイン以外は彼女が書いたものだな」

そう言って「してやったり」という顔をする陛下。

「そうですか。この書類を……」

私は手元の書類をめくり、流し読みで内容を確認する。

内容、体裁ともに文句のつけようがない。

ソフィア嬢がいかに優秀な人なのか、一目瞭然だ。

私は顔を上げた。

「確かに極めて優秀な方ですね。ですがこれほど優秀な方を国は手放してしまってもよろしいのですか？」

「優秀だからさ。今の官僚組織の中ではその力を存分に振るえまい。だがもし彼女が卿の下で特筆すべき実績をあげることができれば、将来的に『組織の上で』采配を振るう未来も夢ではないだろう」

陛下は楽しそうにそう言うと、私に微笑んだ。

「とはいえ、この件で儂が卿に何かを求めることはない。これはそなたが私の友人の子を助けてくれた褒美だからな。先ほども言った通り、卿が希望する者を選ぶがよいぞ」

このところ何度かお話しさせていただいて、私にも陛下のお人柄が少しずつ分かってきた。

ここは変に勘繰ることなく、私が良いと思う人を選ぼう。

「それではお言葉に甘えまして、まずはソフィア嬢とお話しさせて頂こうと思います」

「うむ。採用者が決まったら連絡してきなさい」

こうして陛下から私へのご褒美の話は、一段落したのだった。

8

その後私は陛下に、蜘蛛から見つかった魔石についての報告を行った。

本当はご褒美の前にこちらの話を先にするべきだったと思うのだけど、まあ、話の流れもあるから仕方ない。

蜘蛛の魔石が魔導通信機に使われていたものと同一だろう、という話を聞いた陛下は、しばらく考え込んだ後、

「よろしい。この件の情報収集については優先度を上げて調査させることにしよう」

と頷かれたのだった。

これで陛下への報告は完了。

会談もお開きとなりかけたとき、私は最後に忘れていたことを思い出した。

「あ、陛下」

「ん？　なんだね？」

立ち上がりかけていた陛下が再びソファに腰を下ろす。

「一つご検討いただきたいことがありまして。テオさまから『飛行靴《フライング・ブーツ》が完成したら一足譲って欲しい』と頼まれたのですが、構わないでしょうか？」

「フライングブーツ……ああ、あの空飛ぶ靴のことかね？」

「はい。安全面での改良を進めまして、間もなくお披露目できるかと思うのですが」

「確かジェラルドが騎士団での採用を検討しておったな」

「『軍用装備として極めて有用』ということで、装備調達局から販売と譲渡に制限がかけられている状態なんです。……せっかく頑張って作りましたのに」

そう言って、しょぼんと肩を落として見せる。

そんな私を見た陛下は、

「卿の気持ちは分かるが、さすがにアレの流通には制限をかけざるを得ないな」

と言って、苦笑した。

どうやら私の猿芝居はお見通しらしい。残念。

「とはいえ、そなたの努力は正当に報われるべきだ。——そうだな。安全性の問題が解決したなら、長期契約で毎月決まった数量を国で買い入れようではないか」

「本当ですか⁉」

「ああ、本当だ。もちろん価格と発注数量については相談が必要だがね」

「構いません。それではその件は楽しみにしてますね」

私の笑顔に陛下は、

「ふむ。うまくのせられたかな」

と再び苦笑いした。


「話は戻りますが、テオさまへの飛行靴の譲渡は許可いただけますでしょうか？」

「そうだな……」

私の問いに、しばし考え込む陛下。

「あの飛行靴は簡単に模倣できるものなのかね？」

「ええと……いいえ。エインズワース製の魔導基板が必要になります。あのサイズでの製作はよそでは難しいでしょう」

「それでは、人が乗れるくらいの大きさであれば作れるは作れるのか」

「はい。魔力消費量が大きくなるのでかなりの数の魔石が必要となるでしょうが、製作自体は可能だと思います」

「ふむ……」

再び考え込む陛下。

要するに飛行靴が軍用として有用なのは『短時間とはいえ飛行できる』という点だ。

これにより、上空からの戦場観測や強襲攻撃が可能になる。

逆に言えば、飛べさえすれば多少ものが大きくなろうが魔石を大量消費しようが『使える』とも言える。

飛行制御と安全機構が飛行靴のコア技術だとすると、それが鹵獲《ろかく》などで敵の手に落ちるのはいずれにせよ避けなければならないだろう。

「あの、陛下」

「なんだね？」

陛下が顔を上げ、こちらを見た。

「飛行靴なんですけど、機密保持のため、分解しようとするとスイッチが入る『自壊装置』を取り付けようと思うのですが」

「ふむ。魔導通信機にあったような仕組みかな？」

「はい。現在量産の準備を進めている魔導ライフルに組み込むために、小型自壊装置の設計はすでに終わっています。それを流用しようと思うのです」

「なるほど。それなら問題ないか」

陛下は再び思案されると、「よし」と頷いた。

「ではこうしよう。飛行靴は儂から友人に『機密』扱いで送ることにする。卿はプレゼントする飛行靴と先方のご子息に宛てた手紙を用意してくれるかな？」

「承知致しました。陛下、ご配慮いただきありがとうございます。これで私も彼との約束が守れます」

「なに、大した手間ではないさ。それにこれは将来、皆にメリットがある話になるだろう」

「？」

首を傾げる私を前に、陛下はそう言ってからからと笑ったのだった。

9

陛下との会談が終わり、父と私は侍従に別室に案内された。

謁見の順番待ちをする待機室。

扉が開かれると、広めの談話室のようなその部屋の窓際に立ち、物憂げに外を眺めていた女性が振り返った。

「大変お待たせしました、ブリクストン書記官さま」

私が小さく立礼すると、ソフィア嬢は同じように礼を返す。

「とんでもございません。こちらこそお時間をとっていただきありがとうございます。エインズワース伯爵閣下」

硬い表情。

硬い声。

一見冷たさを感じるその顔のまま、彼女は続けてこう言った。

「ですが、私を雇用されるのはお止めになった方がいいと思います」

『自分を雇うのはやめた方がいい』

ソフィア嬢のそんな言葉に、私もお父さまも面くらってしまう。

ひと癖ありそうな人だとは思っていたけど、やはりなかなかだ。

でも、この人が優秀なのは先ほどの件で確認済み。

能力だけ見れば『ぜひ来て欲しい』。

問題はそれ以外の部分なのだけど……。

私はしばし頭を整理し、口を開いた。

「最初に、一つ質問させてもらって良いですか？」

「どうぞ」

表情を変えずに承諾するソフィア嬢。

私はその雰囲気にのまれないよう、気合いを入れて言葉を続けた。

「雇用することが私にとって良いか悪いかは置いておいて、ソフィアさまご自身は私のところで働くのはお嫌ですか？」

一瞬の間。

眼鏡の向こうの瞳が微かに揺れた。

「嫌……ではありません。お仕えできるのであれば、むしろ光栄なことだと思います」

「では、なぜご自分を『雇わない方がいい』と仰るのですか？」

私の問いにわずかに躊躇《ためら》った後、彼女は口を開いた。

「――私は、他の方と協力して仕事を進めることが苦手なのです。私が閣下のもとで働くことになれば、お屋敷の中がギクシャクし、トラブルの元となるでしょう。そうなれば閣下にも、ご推薦いただいた陛下にもご迷惑をおかけしてしまいます。ですので、先ほどのように申し上げたのです」

無感情そうな冷たい声に、微かに感じる感情の揺らぎ。

その声に、話し方に、既視感を覚える。

私の中の苦い記憶が疼いた。


「人と話すのが苦手、という訳ではないですよね？」

「話すことは苦ではありません。ですが、私が口を開くと周囲の空気が凍りつくのです」

ああ、分かる。

かつての私――回帰前の私も、そうだった。

「先ほど陛下から『複数の部署から推薦があった』とご紹介いただきました。ですがその推薦の理由には『私と一緒に働きたくないから』ということがあると思うのです。実際、そう仄《ほの》めかされた方もいらっしゃいました」

「つまり、厄介払い、ということですか？」

私の問いに、ソフィア嬢はきゅっとこぶしを握りしめる。

「『歩く無愛想』、『都市開発局の氷の魔女』。それが省内での私のあだ名です。――――自分が融通がきかない人間であることは自覚しています。不十分ではありますが、変わる努力もしております。ですが『話し方や表情が気に食わない』と言われたら、どうしたら良いかが分からないのです」

彼女は淡々とそう言った。

だけど、一瞬、わずかに視線を落としたのを私は見逃さなかった。

ソフィア嬢が抱える孤独。

その孤独が私には痛いほどよく分かる。

なぜなら、回帰前の私もそうだったから。

『氷結の薔薇姫《フローズン・ローズ》』、『酷薄令嬢』と呼ばれ、研究室に引きこもった日々。

そして、味方が一人もいない中で処刑されたあの日を、私は決して忘れない。

私は回帰前の経験と、家族に恵まれた宮原美月の記憶のおかげで、家族の絆を取り戻し、新たな仲間を得ることができた。

だけど彼女にはおそらく味方がいない。

彼女には今、味方が必要なのだ。

「採用します」

「えっ？」

私の言葉に、目を見開くソフィア嬢。

「ソフィアさまの優秀さは、魔石採掘権の提案で十分確認させていただきました。ぜひ、当家で働いてください」

「ですが、私のせいで不和が――」

「大丈夫ですっ！」

「え……」

言葉を遮って断言した私を、彼女は茫然とした様子で見つめる。

「その程度のことは問題ではありません。何かあれば私が仲裁します。それに、ソフィアさまはご自分を変えようと努力されているのでしょう？」

「――はい」

確かめるように頷くソフィア嬢。

私は彼女に微笑んだ。

「私は、逆境の中で第三書記官にまでなられたソフィアさまの努力と実績を信じます。ソフィアさまなら、必ず当家でその力を発揮し、活躍していただけると信じております」

「……っ」

「ですから、どうか私と一緒に働いていただけませんか？」

「…………」

見つめ合う、彼女と私。

彼女は微動だにせず、表情を変えることもなく、ただこぶしを握ったまま立ち尽くしていた。

そのとき、彼女の頬を一筋の滴が伝った。

眼鏡の奥からこぼれ落ちたその滴。

彼女は眼鏡を外し、ハンカチで涙を拭うと、姿勢を正して私を見つめた。

その瞳にはもう、迷いはない。

「どうか、よろしくお願い致します。レティシア様」

頭を下げるその人の手を、私は両手で包み込む。

「こちらこそ、よろしくお願いしますね！　ソフィアさま」

私が微笑むと、巨大な組織の中、独りで闘い続けてきたその女性は、再び涙を流したのだった。

10

陛下への報告の翌々日。

お父さまが用意してくださった私の執務室に、鞄を下げた一人の女性が立っていた。

「あの、引き継ぎなどは大丈夫なのですか？」

早過ぎるスピード転職に私が動揺しながら尋ねると、その人は表情を変えることもなく淡々とこう答えた。

「問題ありません。陛下から今回のお話をいただいた段階で、引き継ぎの準備を始めておりましたから。昨日ご連絡を差し上げた通り、今日から仕事を始められます」

わーお。

さすが内務省の俊英。

仕事が速すぎる!!

念の為、昨日のうちに彼女用の事務机を用意しておいてよかったよ。

「ええと、それじゃあ、そこの机を使ってくれる?」

「はい」

頷いた彼女は、あらためて姿勢を正し、私を見つめた。

「――――レティシア様。ふつつか者ですが、どうぞよろしくお願い致します」

「こちらこそ。よろしくね、ソフィア!」

私が微笑むと、わずかに、本当によく見なければ分からないほどわずかに、彼女の顔に笑みが浮かんだ。

こうして私たちは、新たな関係をスタートさせたのだった。

★⋆第4章　奇跡のふる夜⋆★

1

ソフィアが私のところで働き始めて一〇日目。

私、アンナ、ソフィアの三人が乗った馬車は、一路北西を目指して街道を進んでいた。

「それにしても、こんなに早くあの書類の山が片づくとは思わなかったわ」

窓の外を流れる田園風景から視線を戻し、向かいに座るソフィアにそう言うと、彼女は表情を変えずにこう言った。

「レティシア様。片づいた訳ではありません……よ？　仕分けをして優先順位づけをしただけです」

彼女は今、アンナにアドバイスをもらいながら『柔らかい話し方』の訓練中だ。

まだまだぎこちないけれど、うちに来た当初に比べれば、大分柔らかい感じになってきた。

「優先順位をつけてくれただけで十分よ。ソフィアがいなかったら、今頃まだ書類の山を前に頭を抱えていたわ。こうして外に出られるのも、あなたが適切に書類を整理してくれたおかげよ」

「……ありがとうございます」

よく見なければ分からないくらいに、微かにはにかむソフィア。

この一〇日間で、彼女の喜びの感情が少しだけ汲み取れるようになってきた。

まだそれ以外はさっぱりだけど。

機嫌の良し悪しまで分かるようになるには、まだまだ時間がかかりそうだ。

そんな私とソフィアのやりとりを見てニマニマしていたアンナが、外の景色を見て「あっ」と声をあげた。

「オウルアイズ領に入りましたね」

彼女の言葉に、再び窓の外を見る私とソフィア。

広がる田畑と森、そして川の向こうに、オウルアイズ領の象徴である魔石鉱山、グリモール山地の峰々が見えた。

「なんだか、ずいぶん久しぶりに帰ってきた気分」

山を見て吐息を漏らした私に、アンナが頷く。

「実際、長いこと本領を空けちゃいましたしね」

「今回は三つの領地をまわらないといけないから、ゆっくりできないのは残念かも」

「お屋敷に着いたら、せめて美味しい紅茶を淹れさせていただきますね」

「うん。楽しみにしてる」

そう言って笑いあう。

馬車はゴトゴトと進み、川にかかる橋が見えてきた。

橋を渡りきれば、領都オウルフォレストはもう目の前だ。

2

王都を出発して三日目のその日、私たちは領地視察のためオウルアイズ領の実家に向かっていた。

それも馬車四台、護衛騎士一二名、使用人七名の大所帯でだ。

私の馬車を挟むように、お父さまの馬車、使用人用の馬車、それに荷運び用の幌馬車が、車列を作って街道を進む。

それぞれの馬車の左右には二名の護衛騎士。

さらに前後に二名ずつの騎士が騎乗して付き添っている。

前回、オウルアイズ領から王都に向かうときには、馬車も人数もこの半分の規模だった。

それが倍に増えているのには、ちゃんと理由がある。

今回の視察では約一ヶ月をかけて、私とお父さまが預かることになった新旧三つの領地をまわる。

そのため、衣服や細々としたものだけでなく、ある程度の人数の使用人と護衛を連れて行かなければならなくなった、という訳だ。


「みんな、元気にしてたかしら」

間もなく顔を見られるであろうオウルアイズの屋敷と工房のみんなを思い出しながら、ついそんな言葉が出る。

最初の視察地であるこの領地を、父は『オウルアイズ本領』と呼ぶことにしていた。

「新領があるのなら旧領では？」という兄たちに、父は「家門の歴史はこれからも続いていくのだから」と本領という呼び方にこだわった。

二対一だったのだけど、最終的に私がお父さまに賛成して『本領』に決まった。

どうやら私の一票は家族には二票分の価値があるらしい。

陛下からの呼び出しで王都に出ていたけれど、私が倒れたり、王城襲撃事件の裁判があったり、テオの治療で南部に行ったりで、父と私は結局五ヶ月近くも実家を空けてしまった。

この辺りで一度、本領の様子を見ておいた方が良いだろうということで、立ち寄ることになったのだ。


では二つ目の目的地は？　というと、この本領から三日ほど西進する。

東グラシメント地方の『エインズワース伯爵領』。

つまり私が下賜された領地だ。

今は王家から派遣された統治官の方がそのまま代理で見てくれているけれど、いつまでもそのままという訳にはいかない。

引き継ぎの目処をつけるためにも、早期に視察を行う必要があった。

そして最後の目的地が、父が下賜された西グラシメント地方、通称『オウルアイズ新領』である。

こちらも引き継ぎが必要であると同時に、領地の西端がブランディシュカ公国との国境線となっているため、国防の観点からも早期の視察が必要だった。

書類が山積みになっているからといって、いつまでもそのままにしておく訳にはいかなかった。


ちなみに、ここまでの旅程は概ね順調。

馬車は予定通りに進んでいる。

ではなぜ『概ね』かというと、出発のときに、例によってお父さまが私と同じ馬車に乗りたがって一悶着あったからだ。

ソフィアが『レティシア様と打合せをしながらの旅となりますので』と説得してくれたのだけれど、一人で馬車に乗るお父さまがあまりに哀愁を漂わせていたので、結局一日の半分は私もお父さまの馬車に乗って移動している。

どれだけ娘が好きなのか。

まったく世話が焼けるお父さまだ。

3

そんなことを考えているうちに、馬車は橋を渡り、領都オウルフォレストに達する。

ふと、懐かしい街の方を見た私は――――

「え？」

がばっ、と窓に張りついた。

市門の手前にずらりと整列する騎士と兵士たち。

問題はその数だった。

「ちょっと！　なんでみんな総出なの⁉」

思わず叫ぶ。

ざっと見ただけでも、数百名はいる。

オウルアイズでこれだけの騎士と兵士が勢ぞろいするのを見るのは、初めてだ。

そんな私に、一緒に窓の外を見ていたアンナが「ふふっ」と笑った。

「旦那さまが陞爵《しょうしゃく》されて、お嬢さまも伯爵になられましたから。今回の帰還に合わせて皆で出迎えの準備をしたようですよ？」

「それにしてもやりすぎでしょう！」

唖然としながらよくよく見ると、彼らの背後にそびえ立つ市壁には、オウルアイズと私《エインズワース》の大旗が翻《ひるがえ》り、いくつもの横断幕がかかっている。

『祝・侯爵陞爵！』

『レティシア様、おめでとう！』

『歴史的快挙！　エインズワース女伯爵様‼』

『銀髪の天使、我らが誇り！』

『可憐なる魔導の女神さまへ　〜　貴女の故郷、オウルフォレストより愛をこめて』

――――などなど。


「ちょっとおおおお？？？！！！」

私は再び悲鳴をあげる。

「なんで領主のお父さまより私宛ての方が多いのよ⁉」

横断幕の数の比率がおかしい。

頭を抱える私に、今度はソフィアが冷静にこう言った。

「単純に、人気の差ですね」

「オウルフォレストは魔導具の街ですから、よけいにですよね」

追い討ちをかけるアンナ。

そのとき、窓の外から掛け声が聞こえてきた。

「両閣下にぃ、敬礼ぃ――――っ‼」

ザッ　ザッ‼

一糸乱れぬ動きで、銃と剣を捧げる騎士と兵士。

お父さまの部下だけあって、その規律と動作は圧巻だ。

私は馬車の中で居住まいを正すと、彼らに向かって帽子をとり、胸に当てた。

こちらを見つめる戦士たち。

その視線は、どこか温かい。

そうして車列は兵士たちの前を通り過ぎ、オウルフォレストの市門をくぐる。

「――――っ!!」

門を抜けると、人々のすさまじい歓声が私たちを出迎えた。

4

紙吹雪が舞っていた。

領都オウルフォレストの街を貫くメインストリート。

その両側に多くの人々が立ち、歓声とともに二種類の旗を振っている。

一つは、フクロウと蔦をあしらったオウルアイズ侯爵家の旗。

もう一つは、二体のテディベアが描かれたエインズワース伯爵家の旗だ。

「レティシアさま――――っ!!」

「お嬢様――――っっ!!!!」

「こっち向いてぇえええ!!」

私が慌てて笑顔をつくって窓越しに手を振ると、

「きゃあああああああああっ！！！！」

「うぉおおおおおおおおおっ！！！！」

すさまじい反応が返ってきた。

王都での叙爵式を上回るのではないかというその情熱的な反応に、少しばかりどん引きしながら、私は手を振り続ける。


「ね、ねぇ、アンナ？　私って、領内でこんなに人気あったっけ？」

笑顔を引き攣らせながら手を振る私に、私の侍女は、

「元々お嬢さまは、真面目で飾らない性格と愛らしさで街の人たちから好かれていましたよ？　皆からすれば、『孫娘が外国で大活躍して帰ってきた』感覚なんじゃないですかね」

そんなことを言って、ふふっ、と笑う。

「ああ、なるほどっ」

海外の大会で活躍して帰ってきたスポーツ選手が、地元の商店街でパレードするような感じかしら？

それならまあ、分からなくはないけれども。

「それにしても、これじゃあまるでお祭りね。よくこの短期間で準備したものだわ」

道端のあちこちに露店が出て、人々は笑顔で旗を振っている。

私たちが本領に帰る旅程が決まったのは一週間前だから、街の皆はわずか四日ほどでこれだけの準

備を整えたことになる。

「どうも、凱旋パレードの準備自体は、一ヶ月以上前から進めていたみたいですよ」

「そんなに前から!?」

目を丸くする私に、アンナが笑顔で頷く。

「はい。オウルアイズのお屋敷からの手紙に、そんな風に書いてありましたから」

「どうりで……」

私は皆に向けて手を振りながら、再び苦笑いしたのだった。

◇

その日の晩。

長旅とパレードの疲れでふらふらになっていたレティシアは、夕食後早々にベッドに入り、夢の世界へと旅立っていた。

熟睡する彼女の傍らには、二体のテディベア。

レティお手製のミニチュアソファに座ったココとメルは、優しげな瞳で彼らの主を見守っていた。

夜が更ける。

あちこちで光を灯していた魔導灯が一つ、また一つと消え、騒がしかった屋敷がしだいに静寂に包まれてゆく。

そうして殆どの光が消えた頃。

レティの部屋で、異変が起こった。

静かに主を見守っていたココが、ぼうっと青白く光り始めたのだ。

その光はやがて粒子となって隣のメルを取り巻き、今度はメルも青く光り始める。

二体がまとった光の群れは、やがて彼らの主のもとへ。

柔らかな青い光が、レティ、ココ、メルの三人を包み、柔らかな輝きを増す。

それは幻想的な光景だった。

誰かがそれを見たならば、彼女のことを本物の天使、あるいは女神だと思っただろう。

だがそれは誰にも見られぬまま、レティ本人すら気づくことのないまま、始まり、そして終わった。

どれほど時間が経ったのか。

青い光はしだいにその光量を減じ、やがて細かな粒子となって霧散したのだった。

5

夢を見ていた。

懐かしい夢を。

それは、幼い頃の——大好きだった母と過ごした日々の記憶であり、ココとメルが初めてうちに来た日の記憶だった。

アンナとの出会いの記憶であり、テオとの再会の記憶であり、父や兄たちとの絆を確認した日々の記憶だった。

夢の中の思い出は、さらに遡る。

それは日本で生まれ過ごした日々の記憶であり、優しい両親と少しばかりエキセントリックな兄と暮らした日々の記憶だった。

ココとメルと再会した日の記憶であり、二人と共にロボット工学を志し、邁進した日々の記憶だった。

そうして私は夢の中で、いくつもの場所と時間を巡り、懐かしい日々を繰り返した。

そして、最後。

長い旅の終わりにたどり着いたのは、王都の研究室だった。

作業机の上に立つ、二体のテディベア。

ココが私に言った。

「なあ、レティ。一度俺たちのことを診てくれないか？」

その言葉に、首を傾げる。

「診るって……ひと月前に診たじゃない。テオの処置をするために『魔力安定化《クエスキオ・マギーア》』の回路を追加したでしょ？　――あ、ひょっとしてあの処置の負荷で、どこか壊れちゃった？」

「あー、いや。別に壊れた訳じゃないんだ。ただ、その回路がいらなくなったんで、言っとこうと思って」

頭をかきながら、そんなことを言うココ。

「たしかに、もうあの魔法を使うこともないわね。テオの蜘蛛の件は解決したわけだし」

そう返した私に、今度はメルが首を振りながら口を開いた。

「違うわ、レティ。そういう意味じゃないの。この回路の基板がなくても、もう私たちはあの魔法を使えるようになったのよ」

「え？　どういうこと？？？」

私が更に首を傾げると、メルは困ったように言葉を続ける。

「なんて説明したらいいのか……。要するに、私たち自身が『魔法を覚えた』ってことね」

ん――？

「覚えた、って……。二人とも記憶装置なんて持ってないでしょ？」

私の問いに、困ったような顔をする二人。

「そうなんだけどさ。なんか覚えちゃったんだよ」

「『魔力安定化』だけじゃなくて、『絶対防御《アブシオル・ディフエンシア》』も『自動防御《アウト・ディフエンシア》』も、今なら回路がない状態で使えるわ」

つぶらな瞳で私を見つめるココとメル。

「そんな、まさか……」

戸惑う私に、ココが言った。

「とにかく、一度俺たちのことを診てみてくれよ」

「それで『試して』みて。百聞は一見にしかず、でしょ？」

確かに。

こうして言い合っていても意味がない。

「……わかった。基板を取り外して魔法が起動できるか、試してみるわ」

私の言葉に、ほっとしたように顔を見合わせる二人。

「それじゃあ、よろしくな！」

「またお話ししましょ」

ココとメルがそう言うと、辺りが青く、柔らかい光に包まれた。

6

「んんっ」

夢から帰ってきた私は、体を起こして伸びをした。

カーテンの隙間からのぞく朝の日差し。

珍しく、アンナが起こしてくれる前に自分で起きられた。

まあ、あんな夢を見たら起きるわよね。

ただの夢というには、あまりに具体的で、思わせぶりな夢。

もちろん、実際に何かあるとは思えないけれど。

「でもまあ、一度状態を確認するのはいいかもね」

テオの処置の際には、二人への負荷は後回しで魔力を注ぎ込み、暴れまわるテオの魔力を抑え込んだ。

思えば、『絶対防御』に始まり、『部分防御《パルト・ディフェンシア》』、『自動防御』、『魔力安定化』と、二人には負荷をかけまくっている。

前回の改造のときに一通り魔導回路の確認はしているけれど、二人の中にある整合用の魔石もそろそろ検査した方がいいだろう。

「よしっ！」

私はベッドを降りると、ココとメルを両脇に抱え、作業台に向かったのだった。

——数分後。

私の目の前には、くまたちの体内に埋め込んであった二つの魔石があった。

この魔石は、外から注ぎ込んだ私の魔力を他の魔導回路に供給できるよう安定化し、圧力と波長を変換する整合回路に使っているものだ。

私はココの魔石を手に取ると、反射鏡を備えた検査台の上に置き、拡大鏡をのぞき込んだ。

そして——

「ちょっと……これはなに⁉」

驚きのあまり、叫び声をあげたのだった。

7

——バタバタバタ、ガチャッ

「お嬢さま！　どうされました!?」

私の声を聞いて駆けつけたアンナ。

私は彼女を振り返り、検査台の上の魔石を指差した。

「アンナ、これを見てみて！　……って、え？？？」

さやに入った短剣を片手に、殺気立った様子で扉のところに仁王立ちする私の侍女。

彼女は私を見て、はあ、と息を吐いた。

「——お嬢さまぁ。朝からなんですか？　私はてっきり賊でも押し入ったのかと……」

そう言って、短剣をベルトのホルダーに収める。

「あ、ごめん……」

視線を落とした私の前まで歩いてくると、膝をつき、私の頬をなでるアンナ。

「とりあえず、何事もなくてよかったです」

ほっとして泣きそうな顔をする彼女に、私は抱きついた。

「ごめんね、アンナ」

「いいんですよ。お嬢さまが無事なら、私はそれで構いません」

そう言ってアンナは、ぽん、ぽん、と私の背中を優しくたたいた。


「それで、どうされたんですか?」

彼女の問いに、私は「あっ」と声をあげる。

「ちょっとこれを見てみて」

私は侍女の手を引っ張り、検査台のところに連れて行く。

「えっと、魔石……ですか?」

「そう。それはココの中に入っている魔石よ。拡大鏡でよく見てみて。——魔石の中に何が見える?」

言われるまま、拡大鏡をのぞくアンナ。

そして、

「え? これは……ひょっとして、お嬢さまの肖像画ですか!?」

アンナは、拡大鏡にぶつかるのではないか、というほど顔を近づけて叫んだのだった。

「よく見てみて。それだけじゃないでしょう?」

私の言葉に、食い入るように魔石を見つめるアンナ。

「…………確かに。肖像画と言うには、あまりにお嬢さまご本人にそっくりですし……しかも動いてますね！　ひょっとしてこれは、テオ様の処置のときの光景でしょうか？」

「ああ、そんな場面も映ってるのね。さっき私が見たのは、私が飛竜に向けて魔導ライフルを撃っているところだったわ」

そう。

魔石の中では、私が過去に体験した出来事を映した無数の映像が、ゆっくりと渦を巻きながらまわっていた。

「念のため、メルの魔石も見てみましょ」

そう言って私は、ココとメルの魔石を入れ替える。

そうして拡大鏡をのぞき込んだ私は、最初に視界に入ってきた映像に息をのんだ。

「なんで、『XKUMA-3』の動作試験が映ってるの？」

「どうかしました？」

尋ねるアンナ。

私は、

「ちょっと、ね」

と言葉を濁し、再び拡大鏡をのぞき込む。

すると既に映像が切り替わっていて、今度は私の叙爵式の様子が見えた。

「まさか……」

私は先ほどの映像を脳内で反芻する。

間違いない。

一瞬だけど、確かにあれは『あのとき』の映像だった。


『XKUMA-3』。

正式名称は、自己学習型統合制御インターフェイス・テストベッド3号機。

通称『くまさん』。

ココとメルをモデルに、サイズを大人の腰の高さくらいにまで拡大したそのテディベアは、音楽に合わせておしりをふりふり振りながら、自作のダンスを披露していた。

そう。

あれは明らかに、日本のロボット開発者、宮原美月《みやはらみつき》の記憶。

この世界のココとメルが、持っているはずのない記憶だった。


「…………」

「ひょっとして、これってお嬢さまが作られた新しい魔導具ですか？」

「えっ？」

この不可思議な現象について考え込んでいた私は、アンナの声で現実に引き戻される。

「違いました？」

首を傾げるアンナ。

私は首を振った。

「残念ながら違うわ。私は何もしてない。——でもあなたにも見えるのなら、幻じゃないわよね」

そう言って、ふと、夢の中で聞いたココとメルの言葉が頭をよぎった。


『とにかく、一度俺たちのことを診てみてくれよ』

『それで《試して》みて。百聞は一見にしかず、でしょ？』


「試してみましょう」

「なにをです？？？」

「夢の中でココとメルが言ってたの。『魔導回路がなくても魔法が使えるようになった。魔法を覚えた』って」

「はい？？？」

「五分だけちょうだい。基板を抜いて試してみるから！」

私はそう言うと、寝巻き姿のまま作業台に向かい、二人の体内から基板を取り外す作業を始めたのだった。

8

「それじゃあ、行くわよ。――――『魔力安定化《クエスキオ・マギーア》』！」

叫ぶと同時に、宙に浮かんだココとメルが青い光を放つ。

そして――――

「っ‼」

私の手のひらからクマたちに魔力が飛び、二人の間で魔力の薄膜が展開された。

「うそっ……。本当に発動した⁉」

それは、まごう事なき『魔力安定化』の魔法。

私がさっき二人から取り外した魔導基板に回路が刻まれているはずの魔法だった。

私は魔力の供給を止めて魔法を停止すると、二人を手元に戻す。

「一体、どうなってるの？」

私の問いに二人が答えることはなく、ただつぶらな瞳で私を見つめている。

「回路がないのに、勝手に魔法が発動した、ということですか？」

私はアンナの問いに頷いた。

「夢の中のココとメルは『魔法を覚えた』って言ってた。二人の魔石にあれだけ色んな映像が残っていることを思えば、たしかに回路そのものを記録していても不思議じゃない。でも……」

「でも？」

「回路を記録していることと、その回路を起動できることは別だわ。魔石に記録媒体としての機能があるだけでも信じられないのに、まさか演算や制御、学習の機能があるなんてことは…………」

そう呟き、考え込む私。

しばらくして、アンナは隣で、ふぅ、と息を吐いた。

「お嬢さま。考えることも大切ですが、お顔を洗って、寝巻きを着替えて、朝ごはんを食べることも大切ですよ？」

「あ…………」

そうして私は、アンナに洗面所に連行されたのだった。

9

朝食後。

私とアンナは、屋敷の裏手の道を進んだ先にあるオウルアイズの本工房を訪れていた。

大規模に森を切り拓いて作られたオウルアイズ本工房。

その中央には、事務所と設計室、資料室、食堂などが入る『本棟』がある。

その本棟の部屋の一室で、眼光鋭い小柄な老人が私を振り返った。

「帰るやいなや魔導具の相談たあ、相変わらずだな。嬢ちゃんよ」

その言葉に、思わず苦笑する。

「それは、お師匠さまの弟子ですから。五ヶ月ぶりに顔を合わせるんですし、たまにはかわいい弟子の相談に乗ってくれてもいいんじゃありませんか？　――ゴドウィン工房長？」

私の言葉に、ふん、と鼻を鳴らす師匠。

「それで？　そのクマの魔石がどうしたって？」

そう言って、この道六〇年の大ベテランは、挑むような笑みを浮かべたのだった。


「むぅ……」

検査台に置かれた魔石を拡大鏡で観察していた師匠は、唸り声をあげた。

今のエインズワース工房で、おそらく一番知識と経験があるだろうゴドウィン工房長。

ひょっとして彼なら、この魔石の不思議な現象について何か知っているのでは？　と思ったのだけど……。

やはり無茶振りだっただろうか？

師匠は拡大鏡から目を離すと、ふぅ、と息を吐き、こちらを振り返った。

「こんな魔石は初めて見るな」

「やっぱり、前例はありませんか？」

「ああ。儂が知る限り、ない」

「そうですか……」

師匠の言葉に、肩を落とす私。

師匠はそんな私を見て、視線を図面が収められた棚の方に向ける。

「なあ、嬢ちゃんよ」

「なんです？」

「あんたさっき、『回路なしで魔法が発動した』って言ったな？」

「はい。私が作ったある魔法の回路基板を取り外して、魔石と整合回路と魔導器だけの状態で発動句を唱えてみたんです。そうしたら、なぜか普通に発動してしまいました」

私の言葉に、イスの肘掛けを、とん、とん、と指で叩きながら考え込むお師匠さま。

「…………うむ」

やがて彼はおもむろに立ち上がり、部屋の隅のキャビネットの方に歩いて行った。

「…………」

キャビネットの本立てに並んだ何十冊もの手帳を睨み、その中からとても古い数冊をごそっと抜き取り、一冊ずつページを繰り始める。

しばらくそうやって目当てのページを探していた彼は、やがてあるページで手を止めた。

「……これだな」

「？」

首を傾げる私を、じろりと見るゴドウィン工房長。

「実は、儂がまだ見習いだった頃、先々代様から不思議な話を聞いたことがある」

「先々代というと、ヨアヒムさまですか？」

「そうだ」

例の、魔導コンロなんかを開発した私の曽祖父さまだ。

「どんな話です？」

『『回路が壊れてしまった魔導具で、魔法が発動することがあると思うか？』と。先々代様は、儂にそう訊かれたのだ」

「えっ……？」

回路が壊れてしまった魔導具。

それは考えようによっては、基板を取り去った状態のココとメルに近いかもしれない。

「話のきっかけは、儂が先々代様に『なぜエインズワースは魔石の安定化にここまで手間ひまをかけるのか。競合の工房はそこまでやっていないではないか』と噛みついたことだった。――まあ、若気《わかげ》の至りだな」

そう言って、遠い目で窓の外を眺めるゴドウィン工房長。

「そんな儂に、ヨアヒム様はある『魔剣』の話をされた」

「魔剣、ですか？」

「ああ。魔剣だ」

その言葉に、眉を顰める私。

魔導剣や魔法剣なら分かる。

魔導剣は、魔石をエネルギー源として魔導回路を起動し、剣のリーチと威力を倍増させる魔導具。

魔法剣は同様に、魔導回路によって攻撃魔法を発現させる魔導具だ。

だけど師匠は今、『魔剣』と言った。

魔剣というと、魔導具ではなく『おとぎ話に出てくる不思議な剣』のイメージなのだけど……。


怪訝な顔をする私に、お師匠さまはこんな質問をした。

「嬢ちゃんは『北の谷の暴れ竜』の話を知ってるか？」

「もちろんです。一〇〇年ほど前に北の山脈に現れ、王国北部の街や村を荒らしてまわった赤竜《レッドドラゴン》のことですよね。第二騎士団と北部領地の連合騎士団で討伐を行い——最期は、ご先祖さまが命と引き換えにとどめを刺したと聞きました」

赤竜《レッドドラゴン》は、口から火炎を吐く中型竜だ。

小型竜の飛竜より体躯が大きく強靭だけど、吐き出す火炎の射程距離は短い。

その代わり威力は絶大で、その炎は大岩をも溶かすという。

遠距離から爆裂火球を投射してくる飛竜に比べれば動きは読みやすいけれど、魔法防御なしに射程圏内で生き残るのはほぼ不可能。

討伐するには、大規模な戦力を編成し、何層もの魔法防御と氷雪系の魔法と魔法剣でごり押しするしかないという、大変な魔物だ。

私の言葉に、お師匠さまが頷いた。

「そうだ。そのときの当主がヨアヒム様の祖父様でな。一緒に討伐に参加した騎士の生き残りから、不思議な話を聞いたというのだ」

「どんな話です？」


「赤竜を追って北の谷に赴いた連合騎士団は、谷奥の崖っぷちでドラゴンと対峙した。敵は執拗に火炎をまき散らし、騎士団は半壊。当主が振るっていた『氷結』の魔法剣も熱で変形し、魔導回路もズタズタになったそうだ」

「『氷結』の魔法剣というと――」

「当時、対赤竜用にエインズワースが開発した魔法剣だな。剣先が触れた瞬間に『氷結』の魔法が発動して対象が凍る。リーチが短い上に一回使えば魔石の魔力がなくなるから赤竜用にしか使えず廃れたが、当主は自分の大魔力をこめて何十回と赤竜に斬りかかって行ったそうだ」

「それでも、なかなか倒せなかったのですね」

お師匠さまは頷くと、話を戻した。

「騎士団が総崩れになる中で、追い討ちをかけようと口を開けた赤竜に、当主は壊れた魔法剣を掴んで真正面から斬りかかった。――そして、そこであり得ないことが起こった」

「まさか？」

「そうだ。当主が赤竜の鼻面を打った瞬間、壊れた魔法剣に埋め込まれた魔石が輝き、特大の『氷結』の魔法が発動。その魔法は赤竜と当主をまとめて凍らせ、竜は谷底に落下していったそうだ」

お師匠さまはそこまで話すと、水差しの水をコップに入れて口をつけ、窓の外を見た。

「先々代さまが仰っていた。『私は、その《奇跡》は魔石が『進化した』ことによるものだったのではないかと考えている。安定化した魔石に繰り返し大量の魔力が注がれることで、魔石に魔導回路が転写されたのではないかと思うのだ。実際、そうして使いこまれた魔法剣や魔導剣は、通常のそれに比べわずかに魔法の発動が早く、出力が向上している。もし私の考えが正しければ、我々はより効率的に魔力が使えるようになり、魔導具は今以上に普及するようになるだろう。だからエインズワースは、私は、魔石の安定化にこだわるのだ』とな」

ヨアヒムさまが乗り移ったのでは、と思われる師匠の言葉に、私は圧倒された。

「そうして先々代様は魔石の研究を進めようとされた訳だが…………お嬢ちゃんも知ってるように、その後まもなく財政が傾いて、研究どころじゃなくなった」

ため息を吐く工房長。

私はあらためて、胸のペンダント……『スティルレイクの雫』を手に取り、眺めた。

大量の魔力の重みと、波のない水面のような静けさ。

この魔石は、曽祖父ヨアヒムさまの信念の証し。

そして、ココとメルの『進化』の道しるべなのかもしれない。

「お師匠さま」

「なんだ?」

「魔導ライフルの量産準備で忙しいのは重々承知しておりますが、ちょっとお願いしたいことがありまして……」

笑顔の私に、「うっ」と顔を歪めるゴドウィン工房長。

「その悪い笑顔はやめろ。先々代様が無茶振りしようとしてきたときそっくりだ」

「それは光栄ですね。それに、今回の『お願い』にぴったりです」

「何がぴったりなんだ?」

怪訝そうに私を見る師匠。

私はその目を見返し、宣言した。

「曽祖父さまの遺志を——魔石の研究を、私が引き継ぎます。ですから、ちょっとだけ、全面的に協力してくださいね!」

その瞬間、お師匠さまは天を仰いだ。

10

魔石鉱山であるグリモール山地の南の麓に広がる森、オウルフォレスト。

その森に食い込むように『オウルフォレストの街』があり、街の北辺にあるうちのお屋敷と工房もまた森に囲まれている。

グリモール山から流れる『リエル川』は、森と街を貫いて南へと流れ、採掘された魔石を水運で工房と街に運んでいる。

ようするに。

オウルアイズの本工房は秘密保持のため、リエル川に沿って山側に開墾した森の中に造られている、ということだ。

さて、この本工房。

元々それなりの広さはあった。

事務所と設計室、食堂などが入る『本棟』。

鉄鋼材料を精錬する『製鋼工房』。

金属加工を行う『鍛冶工房』。

魔導基板を製造する『基板工房』。

木材加工をする『木工工房』。

そして、量産の魔導具を組み立てる『組立工房』。

その他、倉庫などの建物が本棟を中心に放射状に配置され、約五〇名の職人と職員が働いている。

最盛期は一五〇名近い職人が働いていたというから、人数は三分の一になっているけれど、とにかく元々そこそこの規模ではあったわけだ。

だが、その本工房は今、工房開設以来の大拡張に沸き立っていた。

11

私の『お願い』にお師匠さまが白目を剥いたあと。

私たちは、オウルアイズ工房の北の外れ…………いや、『外れだった場所』に来ていた。

「ちょっと……。これは変わりすぎじゃない⁉」

かつて森だった場所は大きく切り拓かれ、目の前をたくさんの建設作業員が行き交っている。

そして、半年前には影も形もなかったはずの平屋の建物が何棟も建てられつつあった。

これらの建屋は、国から発注された魔導ライフルを生産するための工場なのだという。

驚く私を見て、後から合流してきたお父さまが、ふっと笑った。

「工事は順調なようだな。ゴドウィン」

声をかけられた隣の工房長は、かつての弟子をじろりと一瞥し、目の前で進む工事の様子に視線を戻した。

「建屋は順調だがな。問題は職人だぞ、ブラッドよ。これだけの規模だ。一〇〇人からの人手がいる。一朝一夕じゃあ人は育たん。この二〇年で辞めていった職人たちを呼び戻すことも考えるべきだな」

「うっ……」

痛いところを突かれたお父さまが、顔を歪める。

お父さまもよく分かっているのだ。

経営の失敗で人材が流出してしまったことは。

まあ、幼い頃から騎士団の派遣業を軸にした領地経営を期待されてきたお父さまに、今更『工房経営もうまくこなせなかったのか』というのは、酷な話ではあるけれども。

「大丈夫ですよ、お父さま。私も皆さんに戻って来てもらえるよう、一緒に頑張りますから！」

「——そうか。ならば百人力だな」

私の言葉に、お父さまは微笑み頷いた。

「しかし、大変なものを作ったな、嬢ちゃん。これは国が欲しがる訳だ」

そう言って、両手で抱えた魔導ライフルの四号試作品に目を落とすゴドウィン工房長。

陛下に披露した一号試作品との一番大きな違いは、弾丸形状を球形から椎の実形に変更し、外径を八ミリから七ミリに改めたこと。（二号試作）

そして二番目と三番目の違いは、引き金の前に差し込み式の弾倉《マガジン》を追加し、魔石スロットを槓桿《こうかん》による引き出し式として最大三個の魔石をセットできるようにした点だ。（三・四号試作）

これによって魔導ライフルは銃口からではなく弾倉から直接給弾でき、撃つたびに弾込めする必要がなくなった。

また魔石の交換が必要となる最大一五発まで連発することが可能になった。

ちなみに連射機能は付けておらず、魔力収束弾のモードもオミットした。

使用する小型魔石では、通常弾を五発撃つと魔石交換が必要になる。

ムダ撃ちは避けた方が良いし、機関銃は機関銃で近く作らなければならないから、今回はあくまで

『ライフル』としての改良にとどめてある。

装弾数は三〇発。

複列弾倉《ダブルカラム》と呼ばれる二列交互に弾を詰める方式の弾倉で、一列に弾を詰める単列弾倉《シングルカラム》に比べて長さあたりの弾数を増やすことができる。

地球のアサルトライフルで三〇発と言えばバナナ型の長い弾倉が一般的だけれど、私が作ったものはその半分ほどの長さでストレート型となっている。

理由は簡単。

私の魔導ライフルは火薬ではなく魔法で弾丸を加速する。

つまり、弾丸に薬莢《やっきょう》がついていない。

この薬莢の太さの分、弾倉の長さを短くでき、また弾の胴体にテーパーもついていないため、ストレートの弾倉にきれいに収まるのだ。

魔石スロットを引き出し式にすることは最初から考えていたけれど、弾倉の開発までして量産用の魔導ライフルを改良・強化したのには、理由がある。

当初、回帰したばかりの私にとって、国は脅威そのものだった。

やり直し前の記憶は悪夢だったし、私は自分と家族を守るため、王陛下には火縄銃程度のものを献上しつつ、オウルアイズの騎士団と領兵隊用には機関銃や自動小銃《アサルトライフル》、迫撃砲なんかを開発するつもりでいたのだ。

つまり。

『国がエインズワースを滅ぼそうとするなら、独立してやる』

そう思っていた。

だけど、今やその必要は無くなった。

回帰前に私と家族を罠に嵌めた者たちは処罰され、私は王国の最強戦力に、お父さまは陛下の『相談相手』に、グレアム兄さまは統合騎士団の副団長となった。

要するに、エインズワース家とハイエルランド王国は一蓮托生となった。

従って目下の脅威は、再侵攻を企んでいるであろうブランディシュカ公国ということになる。

王党派貴族の多くが失脚し、彼らが治めていた領地は一時的に王家の預かりとなった。

これらの領地は、三年程度の移行期間の後、この度叙爵された新貴族たちに下賜されることになっている。

現在、王国の各地に彼らが統治官として派遣されているはずだ。

未来の自領を治める準備をするために。

逆に言えば、失脚した貴族たちが保有していた統治機構や騎士団は瓦解し、王国全体の戦力が大幅に落ち込んでしまっている。

公国に対する懲罰戦争が延期され、交易制限に留まっているのは、それが理由だ。

ここで公国が再侵攻してくればどうなるか。

従来戦力だけなら、私と統合騎士団、オウルアイズ騎士団でなんとか追い返せるだろう。

だけど、竜操士《ドラゴンライダー》まで来られたらさすがに厳しい。

できるだけ早期に、王国全体の戦力の増強が必要。

家族と私自身を守るためにも。

それが、私が魔導ライフルの改良に手をつけた理由だった。


「それで、どのくらいの生産数を見込んでるんです？」

私の言葉に、お父さまが腕を組んで工事現場を睨む。

「国からは、一年以内に三〇〇〇挺の魔導ライフルの納入を求められている。これは統合騎士団と直轄軍のためのものだ。月二五〇挺として、一日一三挺は完成品が組み上がるようにしなければならん」

「なるほど。――――って、今、何挺とおっしゃいました!?」

「さ、三〇〇〇挺、だが？」

私の剣幕に僅かにのけぞる父。

「お師匠さま？」

「む……なんだ？」

こちらも珍しく引き気味のゴドウィン工房長。

「本当に、一〇〇人やそこらの職人でその生産数を達成できるとお思いですか？」

「な、なかなか厳しい数だな」

目を逸らし、そんなことを言う師匠。

私は父と工房長の顔を交互に見る。

そして、天を仰いだ。

「そんなの、全っっ然、人手が足りないじゃないですかあ――っっ!!」


「あー……やはり厳しいか？」

私の叫びに、気まずそうに尋ねてくるお父さま。

私は二人に大きく頷いた。

「全く、人手が足りません！　いいですか。魔導ライフルの部品点数は七〇個を超えるんです。組み立て前の部品の加工と品質検査にどれだけの人員が必要だと思われます？　魔導剣や魔導盾と同じように考えちゃダメなんですよ!?」

「む、むう……」

考え込む二人。

――そうだ。

迂闊だった。

これまでうちの工房で量産してきた製品は、部品点数が二〇個未満の魔導武具ばかり。

生産管理が多少雑でも、まあなんとかなっていた。

比較的部品点数が多いものと言えば魔導コンロがあるけれど、それでもせいぜい三〇個前後。

しかもあれは本体が高価でランニングコストも高いため貴族や大商人相手にしか売れず、年間生産台数はせいぜい二〇台というところだ。

ある程度在庫が減ってきたところでまとめ作りするくらいなので、もちろん生産ラインなど引いていなかった。


――――以上のことを考えれば。


今のエインズワースに、魔導ライフルを年間一〇〇〇挺も生産するノウハウは、ない。

これまで魔導ライフルの試作品は、基本的に王都工房に作ってもらった部品を私が自分で組み上げる形で作ってきた。

量産を見据えて、ダンカン工房長やヤンキー君、ジャックやおばちゃんにも組んでもらって意見をもらったけど、それはあくまでも設計と組み立ての検討の話。

量産計画については、完全にお父さまとオウルアイズの本工房に任せきりにしていた。

大体、年間三〇〇〇挺なんて要求が国から出てくるとは、つゆほども思っていなかったのだ。

想定していた生産数は、せいぜい年間三〇〇挺程度。

これは統合騎士団の正騎士の定数だ。

その程度であれば、まあ、なんとかなる。

だけど一〇倍の開きは、さすがに如何ともし難い。

――さて。

どうしようか？


「お父さま」

「な、なにかな、レティ？」

私の呼びかけに、びくっ、とするお父さま。

「陛下にお願いして、なんとか年一〇〇〇挺まで目標生産数を引き下げてもらってください」

「いや、だが、この数は統合騎士団からの要求に対して、元老院が承認した数でだな……」

「必要であれば、私が元老院で説明します。『無理なものは無理』。――そう言わなければ、目標達成ができないばかりか、品質不良、あげくは労働災害に繋がりかねません。先だって、王都工房への増員の件で説明しましたよね？」

「……はい」

しおしおと肩を落とすお父さま。

「次に、ゴドウィン工房長」

「な、なんだ？」

普段『お師匠さま』と呼ぶ私の変化に、引き気味の師匠。

「年一〇〇〇挺、月当たり九〇挺の生産に必要な人員の正確な人数を割り出します。各部品について簡素化できる工程を洗い出して、生産に必要な工数を再検討してください」

「部品すべてについてか？」

「はい。ネジの一本に至るまですべて、です。――あと、作業者については職人に限定しません。未経験者……例えば、引退したおじいちゃんおばあちゃんでも、場合によっては未成年の子でも、短期間の研修で特定の作業に就けるようにしたいと思います」

「は？　何言ってんだ、嬢ちゃんよ」

私の爆弾発言に目を剥くゴドウィン工房長。

「職人ってのは一朝一夕には育たねえ。そんなことは、ここまでやってきた嬢ちゃんなら百も承知だろう!!」

響きわたる怒声。

そんな師匠に、私は――

「発想の転換が必要なんです。ゴドウィン工房長」

静かに、だがはっきりと断言した。

「なんだと？」

「ものを大量に作る場合、生産量に直結するのはマンパワー……つまり人手です。ですが先ほどのお話の通り、職人を短期間で育てることはできませんし、熟練の職人をかき集めてくるにしても、集められる人数はたかが知れています。そこで、考え方を変えます」

「？・」

首を傾げるお父さまと工房長。

私は、ぱんっ、と両手を打った。

「魔導具だからといって、全ての部品をベテランの職人が作る必要はありません。もちろん職人じゃないと作れない部品もあるでしょう。ですが、専用の金型《かながた》や治工具を作ることで、未経験者でも加工したり検査したりできる部品や工程はあるんじゃないでしょうか」

「……専用の金型と治工具、だと？」

先ほどの怒気に替わり、今度は戸惑いの色を浮かべるお師匠さま。

「はい。魔導具もそうですが、普通の職人は、鉄床《かなどこ》やハンマー、鋸《のこぎり》やノミで形を作り、ヤスリや鉋《かんな》などで仕上げることがほとんどですよね？　それらの工具を使えば様々な形のものを作ることができますが、使いこなすには年単位の訓練が必要です」

「その通りだ」

「ですが今回はあまりに部品点数が多く、部品形状も様々です。一つ一つの部品を職人の腕に頼って作っていたら、一体何人の職人が必要になるか分かりません」

「むう……」

唸る工房長。

そんなお師匠さまに、人さし指を立ててみせる。

「そこで、発想の転換です。つまり『特定の部品を特定の形に加工することしかできない。けれど、誰もが簡単に扱える』――――そんな専用の金型と治工具を用意すれば、経験の浅い人でも部品加工ができるのではないでしょうか？」

「むむう……」

さらに唸る工房長。

彼は眉間にしわを寄せてしばし考え込むと、やがて顔を上げた。

「嬢ちゃんが言いたいことは分かった。確かに理屈の上ではその通りだ。だが、俺たちに与えられた時間はわずか一年だ。この短期間に専用の工具を開発して一〇〇〇挺のライフルを作るのは、さすがに難しいんじゃねえか？」

懐疑的な見方をするお師匠さま。

そんな師匠に、私は苦笑した。

「どうせ今のままでは、年三〇〇挺がせいぜいでしょう。それに、人を集めるのにもある程度の時間が必要です。オウルアイズ領の人口は約二万人。その内〇・五％が手伝ってくれるとしても一〇〇人というところです。それ以上は王都などで広く募集をかける必要がありますから、本格的に生産を軌道に乗せられるのは半年後でしょう。そこまでの半年で生産準備を進め、残る半年で一気に一〇〇〇挺を組み上げます！」

「「っ!!」」

私の宣言に、目を見開く二人。

「人を雇用するにもお金が必要ですし……この際です。お金を稼げて人材募集にも役立つ、新しい魔導具作りにチャレンジしてみましょうか」

「新しい魔導具？」

聞き返してきたお父さまに、頷く私。

「はい。ですからもちろん、お二人も協力してくださいますよね？」

私がにっこりと笑顔を向けると、お父さまと工房長は、微妙な顔で頷いたのだった。

12

二日後。

私たち一行は、オウルアイズ旧領のお屋敷を出立した。

「それではお師匠さま、よろしくお願いしますね！」

馬車の窓を開けて声をかけた私に、見送りに来てくれたゴドウィン工房長がげっそりした様子で怒鳴り返す。

「お嬢は人使いが荒すぎだ！　年寄りはもうちょっと労《いた》わるもんだ!!」

「……年寄り扱いすると怒るくせに」

「やかましいわ!!」

馬車が動き始める。

「それじゃあ、二週間後を楽しみにしてますね」

「人のことより、自分の仕事のことを気にしやがれ！　サボったら承知しねえからな!!」

「はーいっ」

こうして私たちは、お師匠さまと私のやりとりを見て必死に笑いをこらえる使用人たちの声なき笑い声をBGMに、二つ目の目的地であるエインズワース伯爵領へと向かったのだった。

✶✶第5章　新領地にて✶✶

1

オウルアイズ本領を出発して三日。

私たちの馬車は、今回私が陛下から賜った旧東グラシメント王領……現「エインズワース伯爵領」に入っていた。

「『領境のリーネ川を渡ると、豊穣の大地だった』」

窓の外に広がる広大な畑を見ながら呟いた私に、首を傾げるアンナ。

「お嬢さま。なんですか、それ？」

「タイトルは忘れたけど、昔読んだ本に書いてあったのよ。まさにその通りの光景だと思わない？」

「確かに、『豊穣』って感じですね！」

アンナが納得したように頷く。

すると、それまで静かに考え事をしていたソフィアが顔を上げた。

「ユスナール・カーバタの『豊穣の大地』、冒頭の一節ですね。三〇年ほど前に書かれた小説です。王都での暮らしに疲れた主人公が、逃げるようにやって来た田舎で人々と交流し、やがて王都へ帰ってゆくというストーリーですが、グラシメント地方の歴史や文化、人々の暮らしなどが事細かに描かれていて、非常に勉強になる本です」

「そうそう。そんな話だったわ」

私の言葉に、ソフィアが目を細める。

「お嬢さまは博識でいらっしゃいますね。あの本は、高い文学性から一部の貴族に評価されるようになったものの、元は婚約者がいる者同士の『禁断の恋』がテーマの大衆小説なのですが」

「うぐっ」

言葉に詰まる私。

確かに言われてみれば、回帰前、興味本位で王都の貸本屋で借りて読んだ記憶がある。

「そ、そんな内容だっけ？」

「はい。とても叙情的で美しい文章で綴られていますが」

表情を変えず頷くソフィア。

「じょ、情景描写がとても素敵だった記憶しかないわね」

「……成人されてからもう一度読まれると、また違った印象を持たれるかもしれませんね」

ソフィアのフォローがつらい。

「そ、そうね」

言いつつ目を逸らし、再び窓の外を眺める私。

「――――あ、街が見えてきた」

領都であるプリグラシムの街に着いたのは、それから間もなくのことだった。

2

「ようこそプリグラシムへ。長旅お疲れ様でした！」

市門を守る衛兵の元気な挨拶に迎えられ、私たちの馬車は街に入る。

「なんだか、こぢんまりした街ですね」

窓の外の街並みを見ながらそんな感想を漏らしたアンナに、私は「そうね」と返す。

彼女の言う通り、プリグラシムの街はオウルフォレストと比べても一回り小さく、のんびりした空気が流れていた。

「でも、嫌いじゃないかな」

呟く私。

するとソフィアが口を開いた。

「これまで王家の直轄領でしたし、治安が安定し、災害がなければそれでよかったのでしょう。過去五年の収支報告書も見ましたが、治水と魔物討伐に予算が割かれていて、商工業関係の投資はあまりされてこなかったようです。また基幹産業が農業であることから、広大な農地の維持のため小規模の集落が点在しているのも『エインズワース領』の特徴ですね」

「なるほど。とても分かりやすいわ」

私がそう言ってにっこり笑うと、彼女はわずかに視線を外し、「いえ……」と呟いた。

一見無愛想に見えるその仕草が、実は彼女の照れ隠しであることを、私はもう知っている。

その様子を見てニマニマしていると、彼女は「こほん」と小さく咳払いした。

「とはいえ、実際に見るのと帳簿や報告書に記載されている内容には、大きな開きがあります。近いうちに領内各集落への視察を実施させていただきたいのですが、構いませんでしょうか？」

「もちろんよ。私も領内の様子をきちんと見ておきたいと思ってたの」

そう返した私に、ソフィアがわずかに目を見開いた。

「お嬢さまも同行されるのですか？」

「当然よ。実際に自分の目で見て耳で聞かないと、領地経営なんてできないでしょ？」

「――そうですね。本来、そうあるべきです」

そう言って視線を落とし、ぎゅっとこぶしを握るソフィア。

「？」

私が首を傾げると、今度はアンナがなぜか得意げな顔をする。

「ソフィアさん。私たち、恵まれてると思いませんか？」

その言葉に彼女は一言、

「はい」

とだけ答え、どこか嬉しそうな顔をしたのだった。

「お待ちしておりました。エインズワース伯爵閣下」

それほど大きくなく、だけど瀟洒《しょうしゃ》な佇まいのお屋敷に到着した私たちを出迎えたのは、見覚えのある中年の紳士だった。

「長旅、お疲れ様でした」

「お出迎えありがとうございます。ミオダイン子爵。王都でご挨拶に来ていただいて以来ですね」

礼儀正しく立礼する子爵に、カーテシーで礼を返す私。

子爵は、東グラシメント王領を治めるために陛下が派遣した統治官だ。

私の叙爵式のあと、「引き継ぎもあるから」とわざわざうちの屋敷まで挨拶しに来てくれた。

まあ、ちゃんとした人だと思う。

彼自身は領地を持たない法衣貴族で、三年任期の三年目ということで、私が来なくてもあと数ヶ月で王都に戻ることになっていたらしい。

「オウルアイズ侯爵閣下も、ご無沙汰しております」

続いて後ろの馬車から降りてきたお父さまにも同様に挨拶をした子爵は「お疲れでしょうから」と、部屋に案内してくれたのだった。

3

ミオダイン子爵とそのご家族との夕食後。

私たちは談話室で軽くこれからの話をしていた。

「それでは、本当に一ヶ月で引き継ぎ作業を完了させるということでよろしいのでしょうか？」

「ええ。半年後に学園に入学されるお子さまのためにも、早い方が良いでしょう」

子爵の問いに、頷く私。

「お気遣いいただきありがとうございます。仰る通り、早く王都に戻ることができれば、余裕を持って入学の準備をすることができます。――しかし、引き継ぐ資料は結構な量になるのですが、大丈夫でしょうか？」

心配顔の子爵に、私は傍らに座るうちの自慢の補佐官を振り返った。

「ソフィア。本当に大丈夫？」

「王都で確認できる資料には全て目を通して来ました。一ヶ月いただければ十分だと思います」

きっぱりと言いきるソフィア。

「――ということらしいですわ。ミオダイン卿」

苦笑する私に、一瞬目を丸くしてソフィアを見た統治官は、私と同じように苦笑いした。

「さすが噂に聞くウェストフォード子爵令嬢ですね。分かりました。それでは私も気合いを入れて引き継ぎを頑張りましょう！」

こうして私たちは、引き継ぎのスケジュールを決めたのだった。

今後の予定が決まり、そろそろお開き、ということになったとき、ソフィアがミオダイン子爵に話しかけた。

「申し訳ありません、閣下。詳しいことは明日お伺いしますが、一点だけ教えていただきたいのですが」

「なんでしょう？」

すでに立ち上がっていた子爵は、ソフィアを振り返り、首を傾げた。

「本領の予算ですが、かなりの金額を魔物の定期討伐に充てられていました。これは、それだけ魔物の被害が多い、ということでしょうか？」

私の金庫番の質問に、頷く子爵。

「その通りです。当地は平地やなだらかな丘陵が多く広大な農地と放牧地を抱えています。が、逆にいえばそれは『魔物もエサに事欠かない』ということ。我が国の食料庫は、同時にゴブリンやオークどもにとっても棲みやすい土地な訳です」

「エサ場ですか」

ソフィアが眉を顰める。

「各村に隣接する森には毎年春に討伐隊を入れており、幸い魔物が集落の中まで押し入ってくることは滅多にありません。ですがそれでも日常的な家畜や農作物の被害は相当なものですし、稀《まれ》に発生する人的被害の人心への影響は、計り知れないものがあります」

「なるほど。理解致しました」

納得したらしいソフィアが頷いたところで、傍らで話を聞いていたお父さまが口を開いた。

「グラシメントの魔物討伐には、オウルアイズ騎士団も毎回参加している。一ヶ月ほどかけて各村をまわり、隣接する森のゴブリンやオークの集落を潰してまわるのだが、どんなに潰しても一年後には元通りになっているのだ。奴らの繁殖力には本当に舌を巻く」

顔を顰める父に、私は言った。

「だからと言って、私の民が傷つくのを甘んじて見ている訳にはいきません。——何か、手を打たなければなりませんね」

「そうだな。それでこそ私たちの娘だ」

そう言って、私の肩をぽんぽんと叩く父。

「お父さま。今度、魔物についてくわしく教えてください」

「もちろんだとも」

頼られたのがよほど嬉しかったのか、お父さまは上機嫌で即答したのだった。

4

翌日。

私たちはミオダイン子爵の案内でプリグラシムの街を視察することになった。

馬車で街の中央広場まで出て見学。

その後、街の東、南、西と馬車でまわる。そんなプランだ。

広場で馬車を降りた私は、ちょっとだけ驚いた。

「結構大きな市場《マーケット》が立っているのね。昨日はなかったように思うのだけど」

そう。

中央広場には、ざっと数えて四〇を超える出店《でみせ》が軒を連ね、野菜や果物、肉、チーズ、パン、それに金物や衣類などを店先に並べていた。

道ゆく人々はそれらの店主とやりとりしながら、賑やかに買い物をしている。

昨日私たちが馬車でここを通過したときには、見られなかった光景だ。

そんな私の疑問に、子爵が答えてくれた。

「マーケットが立つのは、週に二日です。食料品などは農村から直接新鮮なものを売りに来ていることもあって、街の住人の台所となっているのですよ」

「ひょっとして、他領から買いに来る人も？」

「いえ、さすがに領地間取引の場合は、専門の卸業者が間に入ります。そういった商会の多くは街の東側、つまり王都側に店を構えていて、外の商会と盛んに取引していますね。街の東側が商業区、西側が住宅地、南側が倉庫街と覚えておけば、大体間違いありません」

なるほど。

ちなみに街の北側にはお役所や裁判所、兵士の屯所などの公的な建物や土地が集まっている。

今回私たちが滞在し、これから私の家となる統治官の屋敷もその北のエリアにあった。

「あの、ところで工房街はどのあたりにあるのですか？」

私にとって一番気になる質問。

実は、私が下賜されたこのエインズワース領に、エインズワースの工房はない。

現在ない以上、うちが新たに工房を開けば、既存の工房の経営を圧迫してしまうだろう。

私は新たにやって来たよそ者の領主だ。

住民感情を考えれば、既存業者を圧迫して恨みを買ったり、悪評を立てられたりするのは避けたい。

とはいえ、この街である程度の時間を過ごすことになる以上、気軽に頼み事ができる工房がないのも困るのだ。

今後私は、エインズワース領、オウルアイズ本領、王都と、三つの拠点を行き来することになる。

本領と王都、二つの工房の役割をそれぞれどうするかはまだ考え中だし、お父さまとも相談しなければならない。

それに加えて、この街での魔導具の開発環境をどうするかを考えなければならないのだけど、うち直営の工房がない以上、地元の工房とは良好な関係を築いておきたかった。


そんなわけで、興味津々《しんしん》で尋ねた私。

けれどミオダイン子爵から返ってきたのは、何やら困ったような反応だった。

「工房街ですか……」

うーん、と唸る子爵。

その反応に不安になる私。

「なにか問題でも？」

「いえ、問題はないのですが……その、閣下が関心をお持ちなのは魔導具工房ですよね？」

「ええと――はい。主にはそうですね」

意図を見抜かれてしまった私は、気恥ずかしさに引き攣り笑いをする。

すると子爵は、申し訳なさそうにとんでもないことを口にした。

「実はこの街には、魔導具を扱う工房がないのです」

「……はい？」

思わず聞き返す私。

「この街にある工房は、日用品や農器具を扱う普通の鍛冶屋と木工店が数軒あるだけで、魔導具を扱える工房は一軒もないのです」

「で、でも、領内の兵士たちや冒険者が使う魔導武具にもメンテナンスは必要ですよね。それらはどうされているんですか？」

「兵士の魔導武具は国からの支給品ですので、壊れたら新品と交換して王都に送り返しますし、これまでは王家の直轄領でしたから、治安を冒険者に頼るということは基本的にしてこなかったのです」

「……なんてこと」

私は茫然として立ち尽くした。

「つまり、ゼロから工房を立ち上げなきゃいけないってこと!?」

5

エインズワース領の視察三日目。

前日、『自分の領地に、魔導具工房が一軒もない』という衝撃の事実をつきつけられた私。

しばし茫然としたけれど、現状は嘆いても変わらない。

「既存の魔導具工房がないなら、もう、自分で新しい工房を立ち上げるまでよ！」

――と空元気《から》を出して、なんとか気を取り直すことにした。

『街のどこに工房を構えるのか』とか。

『ただでさえエインズワース工房は人手不足なのに、どうやって人を確保しよう』とか。

色々あるけれど、とりあえず考えるのを後まわしにしたわけだ。


「お父さま、準備はいかがですか？」

私の問いに、飛行靴《フライング・ブーツ》の量産試作品を履き終わったお父さまが顔を上げた。

「待たせた。いつでも行けるぞ」

そう言って、馬車の座席に置いてあった魔導ライフルの二号試作品を背負い直す。

私たちはこの日、プリグラシムの街にほど近い、小さな村にやって来ていた。

目的の一つは、領都以外の集落の視察。

そして、もう一つの目的は――

「それでは、うわさの魔物の棲家に出発しましょう」

我が領最大の『敵』に対する威力偵察だった。

「隊形は打ち合わせ通りで問題ないか？」

「はい。お父さまが先頭。私とアンナがその後ろで、撤退時は逆の隊形で逃げるんでしたよね」

私の言葉に、父が「うむ」と頷き、アンナが「承知しました」と返して来た。

ちなみにアンナが肩からかけているのは、弾倉追加型の三号試作ライフルだ。

当然、私も一号試作品を改造したものを抱えている。

魔物の棲家に威力偵察を行うということで、三人とも飛行靴を履き、ライフルを背負っている。

けれど、実はそれぞれの装備は少しずつ異なっていた。

理由はというと――


私は言うまでもなく、魔力おばけである。

そして私ほどではないけれど、エインズワースの血筋であるお父さまも、かなりの魔力を持っている。

一方でアンナは、新貴族の血を引くだけあって平均的な人より魔力量は多いけれど、飛行靴を自分の魔力で長時間維持したり、魔力収束弾を使えたりするほどじゃない。

そこで私は考えた。

『アンナに魔力が足りないなら、私があげればいいじゃない！』

つまり、そういうことである。

魔力おばけの私は、オリジナルの魔力収束弾多重加速モードを持つ『一号試作品改』と飛行靴のプロトタイプをいじったものを。

私よりも魔力が少ないお父さまには、口径を絞り出力を絞った『二号試作品』と、量産試作型の飛行靴を。

自分の魔力で魔力収束弾を使えないアンナには、いざというときには私がアンナに魔力を供給するという前提で、実体弾の連発が可能な『三号試作品』を手渡したのだ。

なお、彼女に渡してテストしてもらっていた飛行靴は、すでに安全装備モリモリに改造されているので、そのまま使ってもらう。

まさに適材適所（？）。

こうして三挺の試作ライフルと三足の試作飛行靴は、無駄なく活用されることになった。

「うん、カンペキ」

「「？？？」」

心の中で自画自賛してドヤ顔した私を、二人が不思議そうに見つめたのだった。

6

「それでは、行くぞ」

声とともに飛行靴に魔力を通すお父さま。

「「はいっ！」」

続いて私とアンナも飛行靴を起動し、三人の足元に三つの魔法陣が出現する。

それを確認したお父さまは――

「出発！」

掛け声とともに、私たちは空に舞い上がった。


村から飛び立った私たちは、お父さまに先導され西側に広がる森に向かった。

「アンナ、大丈夫そう？」

私が隣に声をかけると、

「はい。大丈夫ですっ！」

飛びながらぐっとこぶしを握ってみせる私の侍女。

どうやら、余裕らしい。

「あまり離れると魔力供給が途切れるから、できるだけ私から離れないようにしてね」

「アンナはいつもお嬢さまのそばにおりますよ」

「…………」

笑顔のアンナ。

苦笑する私。

そういう意味ではないのだけど。

――今のは確信犯かしら？

そんなことを考えながら飛んでいると、先行するお父さまが速度を落とした。

「どうかしました？」

私の言葉に「しぃっ」と人差し指を口に当て、前方を指差すお父さま。

その指差した先を見る。

「！」

私は思わずその場で停止した。


そこには少しだけ森が開けた場所があった。

不規則に配置された、塚のような小さな盛山。

それぞれの盛山には一ヶ所だけトンネルのような穴があり、そこから緑色の二足歩行の何かが出入りし、辺りを闊歩している。

――――ゴブリン。

実物を見るのは初めての私でも、すぐにそれと分かった。

醜悪な容姿。

纏う布もなく、原始的な道具を持って蠢《うごめ》く怪異。

その姿に、生理的嫌悪感を覚える。

お父さまのレクチャーが頭の中で蘇った。


ゴブリンに雌はいない。

他種族の雌を拐ってきて繁殖するからだ。

そこにはもちろん、人間も含まれる。

ゴブリンは、生きているものはなんでも食べる。

それこそ、家畜も人も関係なしで。


まさに、害獣。

私たちの『敵』がそこに蠢いていた。

(「どうしますか？　お父さま」)

ヒソヒソ声で話しかけると、お父さまは敵から目を離さずに返してきた。

(「お前はここから『塚』を潰しなさい。アンナは周囲の警戒を。私は奴らを飛び越えて、反対側から逃げる奴らを狩る。――――いいか？」)

(「「はい」」)

私たちが頷いた時だった。

――――ヒュンッ

お父さまの横を何かが飛び抜けた。
　ギャギャッ！
　ギャギャギャギャッ!!
一気に騒がしくなるゴブリンの巣。
お父さまが叫ぶ。
「気づかれた！　高度をとれ!!」
「は、はいっ!!」
私はアンナを連れ、慌てて上昇する。
ヒュンヒュンヒュンヒュンッ!!
数秒前まで私たちがいた場所に、無数の矢が殺到した。
ゴブリンが持つ粗末な弓。
だけどそれは、私が思っていた以上に射程距離が長いものだった。
私たちは矢が届かないところまで高度をとると、あらためて魔物の巣を見た。
　ギャギャギャッ！　ギャギャギャギャギャッ!!
今や巣はゴブリンだらけだった。
そしてそれは、『塚』から無限に湧きだしてくる。
――――ブゥン
巣の一部が、赤く煌めいた。

「ゴブリンメイジがいる！　魔法が来るぞ!!」
　ゴッ!!
お父さまが叫び終わる間もなく飛んでくる『火球《ファイアボール》』。
「っ!!」
私たち目がけて放たれた魔法から伝わってくる、明確な悪意。
背筋が凍るようなその感覚に、思わず体が固まる。
そのときだった。
『レティ!!』
『しっかりしなさい！』
二つの声とともに私の鞄がパカッと開き、中からクマたちが飛び出した。
「『自動防御《アウト・ディフェンシア》』!!」
クマたちの手に、魔法陣が宿る。
次の瞬間。
私たちの目の前で、火球が炸裂した。
ココとメルは、ゴブリンメイジが放った火球《ファイアボール》の爆発から私たちを守りきった。
飛竜のそれに比べれば数段劣る火球。
それでも直撃すれば大けがは免れなかっただろう。

風が煙を吹き飛ばす。

目の前がクリアになった瞬間、お父さまが構えた魔導ライフルの銃口に魔力収束弾の白い光が煌めいた。

「……あそこか」

呟きとともに加速魔法陣が展開され、地上に向かって光の矢が放たれる。

ドォンッ!!

地上で爆発が起こり、数体のゴブリンが吹き飛んだ。

お父さまが号令をかける。

「打合せ通りだ。攻撃開始！」

「「はいっ!!」」

私たちが返事したとき、お父さまは既にライフルを構え急降下を始めていた。

そして、降下しながら二射目を放つ。

炸裂する光弾。

仲間が吹き飛ばされ、恐慌状態に陥るゴブリンの群れ。

私はライフルを構えながら、傍らのアンナに指示を出す。

「ゴブリンメイジを見つけたらすぐに教えて」

「はいっ！」

強力なゴブリンの矢もこの高さまでは届かない。

だけど先ほどの攻撃で、魔法攻撃であればここまで届くことがわかった。

魔力が篭った攻撃であれば、一応ココとメルの『自動防御《アウト・ディフェンシア》』で防ぐことができる。

けれど多方向から連続攻撃を受けた場合、魔法防御の展開が追いつかなくなる可能性があった。

脅威度が高いゴブリンメイジは、優先的に排除するべきだろう。

タンッ！

タンッ！

アンナが発砲を始める。

その発砲音を聞きながら、私はセレクタを『3』の位置に合わせた。

銃口をゴブリンの棲家に向ける。

そして、引き金を引いた。


シューッ――――ダンッ！　ダンッ！　ダンッ！　ダンッ！　ダンッ!!

銃口の先に浮かんだ加速魔法陣が、次々と生成されるビー玉ほどの魔力収束弾を立て続けに加速し撃ち出してゆく。

そして――

ドカッ！　ドカッ！　ドカッ！　ドカッ！　ドカンッ!!

地上で炸裂する魔力収束弾。

連射された五発の弾はゴブリンの棲家に続け様に着弾し、その生息地を多数のゴブリンごと面で爆破した。

「──────っ」

引き金を戻し、戦果を確認する。

直径一五m、バスケットボールのコート半分ほどの範囲にあった四つの塚が全壊、または半壊し、十四以上のゴブリンが吹き飛んでいた。

だけど巣全体で見れば、五分の一も塚を壊せていないし、ゴブリンも残された塚からまだまだ湧き続けている。

「悪くはない、か」

新機能の初撃の戦果に、少しだけ物足りなさを感じる私。

まあ、仕方ない。

結果は結果。

目の前の現実を受け入れられない者に、進歩はない。

王城での飛竜戦後、私が一号試作品を改造して追加した新しい機能。

『魔力収束弾連続発射モード』。

秒間一・五発程度で連射されるその光弾は、初速・威力こそ『多重加速モード』に劣るものの、引き金を引き続けることで、五発の魔力収束弾を連射できる。

なぜ五発までかと言うと──

『魔力安定化《クエスキオ・マギーア》』」

私の言葉に、ココとメルが私を挟んで魔力の膜を張り、私の乱れた魔力を安定化させる。

少しだけ感じ始めていた嘔吐感が、すっきりと治まっていった。

要するに、魔力酔いである。

試射の段階では一五発が限界だった。

そのため余裕を見て、五発で連射が止まるように設計変更したのだ。

今撃った感じだと、集中力を保つなら二連射ごとに魔力安定化を行った方が良いだろう。

そのとき、アンナが叫んだ。

「メイジですっ！」

私はすぐに彼女が指差す方向に銃口を向け、再び引き金を引いた。

7

「戦い方を考えねばならんな」

帰りの途上、斜め前を飛んでいたお父さまが呟いた。

「かなりの数を取り逃がしてしまいましたね」

私の言葉に頷く父。

「地上からの討伐では、重武装で時間をかけてやり合うからな。こちらに被害も出るが、さっきのように敵が一斉に逃げ出すこともない」

そう。

あの後すぐ、ゴブリンたちは空からの圧倒的な攻撃に恐慌状態に陥り、突然散り散りになって逃げだしたのだ。

森に逃げ込まれてしまえば、空にいる私たちになすすべはない。

一応、塚は全て潰したけれど、地上にいた多くのゴブリンを取り逃がしてしまった。

「課題が山積みですね」

ため息を吐いた私に、お父さまが隣に寄って来た。

「とりあえず今日は、課題が見つかったということでよしとしよう。新兵器を使った初めての威力偵察だ。課題が明確になり無傷で帰ることができるのだから、それで十分だよ」

そう言って、ぽんぽんと私の肩をたたく父。

その手のぬくもりに、なんだか元気が湧いてくる。

「私、頑張りますっ！」

ぎゅっとこぶしを握った私を見て、父と侍女が微笑んだ。

8

三日後。

エインズワース領での視察を終えた私たちは、さらに西進し、旧西グラシメント王領……お父さまが新たに領主となったオウルアイズ新領に入っていた。

「これは、まさに城塞都市ね」

高い市壁を持つ、領都ファルグラシムの市門を通過した私たちは、その街の威容にいささか圧倒されていた。

「噂には聞いていましたが、本当に兵士が多いですね。……ちょっと息苦しい感じがします」

窓から街の様子を眺めてアンナがそんな感想を口にする。

「同感ね。まあ、この街は旧王国時代からの対公国防衛拠点だし、さもありなん、というところかしら」

もしここにソフィアが同乗していたのなら、興味深いうんちくなどを聞くことができたのだろう。

だけど残念ながら、今ここに彼女はいない。

エインズワース領に残って、ミオダイン子爵から仕事の引き継ぎを受けているのだ。

あれを私自身がやらなければならなかったと思うとぞっとする。

本当に、ソフィアが来てくれてよかった。

でもソフィアの助けの分を差し引いても、今の私にはやらなければならないことが山積みだ。

授爵式の時点では『田舎でのんびり魔導具づくり』というイメージを持っていたけれど、あれは甘過ぎる夢だった。

「竜操士対策も、一刻を争うわよね……」

私は目の前に建つレンガ積みの巨大な要塞を遠目で眺めながら、ため息まじりに呟いたのだった。

9

オウルアイズ新領を訪れて十日後。

東西グラシメント地方を視察した私たちは、再びオウルアイズ本領に戻って来ていた。

「おかえりなさい、お嬢さま。ゴドウィン工房長から『お嬢さまが戻られたら、ぜひ工房に顔を出して欲しい』との伝言を預かっております」

屋敷に戻ると、執事のブランドンが開口一番にそんなことを言った。

「ぜひ？　お師匠さまが、本当にそんな風に言ったの？？？」

師匠にしては『らしくない』言葉に、思わず聞き返す。

するとブランドンは微笑を浮かべ、こんなことを言った。

「はい、たしかに。なんでも『歴史的な大発明』とのことで。私も長いことここで仕えさせていただいておりますが、彼があれほど興奮しているのは初めて見ました」

その話を聞いた私は――

「ちょっと行ってきますっ!!」

ブンッ
「あっ、待ってください、お嬢さま!!」

飛行靴《フライング・ブーツ》で空に駆け上がった。

✶⋆第6章　家門会議⋆✶

1

屋敷の屋根を飛び越え、裏の庭園を飛び越すと、オウルアイズの本工房はすぐ目の前だ。

「さて。どこにいるのかしら？」

空中から広い工房エリアを見下ろして、逡巡する私。

私に「ぜひ工房に来てくれ」と伝言を残したゴドウィン工房長。

彼がいるとすれば、本館の自分の書斎か現場だろう。

「…………」

お師匠さまのことだ。

書類仕事がなければ、まず現場だろう。

「きっと、試作工房ね」

私が当たりをつけてそこに向かおうとしたとき、後ろから恨めしそうな声が聞こえた。

「お嬢さまぁ、待ってくださいよぅ」

私が振り返るとそこには、慌てて私を追って来たであろう侍女が情けない顔をして浮かんでいた。

「ごめん、アンナ。ちょっと気がはやっちゃって」

手を合わせて謝る私。

そんな私を見て、彼女は小さく、ふう、と息を漏らした。

「お嬢さまが荷ほどきを後回しにしてまで駆けつける『何か』があるのですよね？　お気持ちは分かりますから、せめて十秒待ってくださいな。いきなり飛び出されたら私も焦っちゃいますよぅ」

ぷぅ、と頬を膨らませる私の侍女。

確かに。

一応、彼女は私の護衛でもあるのだ。

せめて彼女を連れて飛び出すべきだった。

アンナの手をとる私。

「ごめんね。次から気をつけるから」

「本当、約束ですよ？」

アンナは口を尖らせながらもどこか嬉しそうな顔をすると、私の手を両手で握り返したのだった。

2

「お師匠さま！　ひょっとして完成したのですか⁉」

試作工房に入り私が声をかけると、試験室の中央に置かれた装置をいじっていたゴドウィン工房長が、ギロリとこちらを振り返った。

「ちょうどいいところに戻って来たな。これから動作テストだ。まあ、見てみろ」

そう言って、手に持っていた何かを私に差し出す師匠。

私はそれを受け取り、窓から入ってくる光に晒した。

半透明のその石は、濁った赤い光を湛《たた》えている。

「……安定化前の中型魔石ですね」

「そうだ。これからそいつの処理にトライする。——嬢ちゃんが設計したこいつでな」

そう言ってお師匠さまは、部屋の真ん中に設置され配管が繋がったバレーボール大の球形の容器を、ポンポンと叩いて見せた。

そのボール型の容器は四本の支柱で地面に固定され、中央部から真下に向かって軸が出て土台に繋がっていた。

「それが、できあがった装置ですか」

私は金属製の球形容器に近寄り、そっと触れる。

そう。

これはグラシメントへの出発前、私がお師匠さまと相談しながら設計した魔導具。——いや、魔導装置と呼んだ方が良いだろうか。

『魔石安定化装置』。

機能はその名の通り。

これまで人の手で一個一個丁寧に行っていた魔石の安定化作業を、自動で機械的に行うことができる。

それだけ聞くと大したことないことのように思えるけれど、これは我がエインズワースにとっては、長年夢に見てきた待望の発明だ。

なんと言ってもこの装置が完成すれば、これまでうちが時間と労力をかけていた安定化魔石の大量生産が可能になる。

魔石の値崩れや過当競争を防ぐためにそこまで安く売るつもりはないけれど、これまでこの作業をやってもらっていた熟練の職人たちを設計や試作にまわせるようになるのは、非常に大きい。

現状維持ではなく、未来を切り拓く『開発』に人をまわせるようになる。

魔導ライフル部品の治具設計と製作の作業も加速させることができるだろう。

またこの装置には、次に私が作らなければならない装置に必要な新技術を、二つほど盛り込んでいる。

大げさでもなんでもなく、私にとっての『未来への扉』なのだ。

装置の構想は、それこそ二〇〇年前、初代イーサン・エインズワースの時代からあった。

アイデアが形にならず開発が進展しなかったのは、魔石に対する理解がまだまだ不十分であり、当時の技術が未成熟だったためだ。

しかし五〇年前、その停滞に突破口を見つけた人がいる。

誰あろう、私の曽祖父にして我が家門を破産の淵に導いた、魔力コントロールの天才、ヨアヒム・エインズワースだ。

彼は職人の経験と勘に頼っていた魔石安定化の技術を、「魔石内部に偏在している魔力の均一化と波長の固定化である」と喝破した。

その研究の結実が、今私の首にかかっている『スティルレイクの雫』。

この魔石は、当時の王から王妃への愛の証であり、同時に我がエインズワース三〇〇年の魔石研究の頂点なのだ。

曽祖父は、この装置の開発にあと数歩のところまで迫りながら、財政問題によって諦めざるを得なかった。

実家の書庫に遺された彼の日記には、装置の構想と、それを実現できなかったことへの無念が綴られていた。

私にとってこの魔石安定化装置の開発は、未来への扉であると同時に、曽祖父さまの夢のリベンジでもある。

3

「昨日の動作テストでは小型魔石を使ったんだが――」

どうして、なかなか悪くないものができた。

そいつは今、測定室で分析中だ」

「魔力分析機で？」

「そうだ」

本工房の測定室には、王都工房同様、最近私が魔力探知機を元に開発した『魔力分析機』が置いてある。

検体の魔力量、魔力圧、魔力波長が測定可能なのだけど、安定化した魔石のそれを正確に測定するには、一工夫必要なはずだ。

「測定には時間がかかるでしょうから、処理した検体をすぐに見たければ、この中型魔石の処理が成功するのを祈るほかない、ということですね」

そう言って魔石を返す私。

師匠はそれを受け取ると、にやりと笑った。

「なに、なるようにしかならんわ」

そう言って球形容器の上蓋を開け、魔石を内部の受け治具に据えつけたのだった。


「始めるぞ」

短くそう言って、傍らの筒状のタンクから出ている大きなレバーに手をかけるお師匠さま。

「お願いします」

私が頷くと、彼はガタン、とレバーを引く。

――ゴポッ　ゴポゴポゴポッ

レバーによってピストンが上から押し下げられ、シリンダーの下部から出ているパイプの中を何かが流れる。

その何かが流れ込む先は、二重構造になっている球状容器の外側の隙間。

実は中を流れているのは、焼結したスライム樹脂を再加熱して溶かし、再び液状化したスライム粘液だ。

スライム樹脂は言うまでもなく魔導基板の材料なのだけど、今回は液体に戻して魔力絶縁体として使用する。

「次だ」

スライム粘液で容器を満たしたゴドウィン工房長は、今度は傍らの机の上に置かれた箱のレバースイッチを捻る。

――――ブン　ゴウンゴウンゴウンゴウン
今度は球状容器の下部から出ている軸の周りに魔法陣が浮かび、軸が回転を始める。

この軸は土台の部分をベアリングで保持され、その先端は、先ほど師匠が魔石を置いた治具に繋がっている。

つまり今、球状容器の内側では、魔石が陳列台に置かれた宝石のごとく、水平方向にグルグル回っている訳だ。

「仕上げだ。誘導魔力を流す。――――せっかくのトライだ。設計者のお嬢がやんな」

「はいっ。ありがとうございます！」

最後のスイッチを譲ってくれたお師匠さま。
私は机の上のスイッチボックスのところまで歩いて行き、盤上に配された二つ目のレバーに手をかけると、深呼吸し、ガチャリとそれを捻った。
――――パァッ
次の瞬間、球形容器に上下から繫がる魔導金属線《ミストリール》に魔力が流れ、容器の隙間から帯状の青い光が放たれた。

「……五七、五八、五九、停止」

懐中時計を見ながら秒数をカウントしていたゴドウィン工房長は、ぴったり一分でレバーを戻し、魔力供給を停止する。

続いて主軸の回転を停止し、スライム粘液を排液。

水の流路を開いて、配管とスライム粘液槽を洗浄した。

生きているスライムやスライム粘液には、腐食性がある。

使い終わったら、即洗浄。

それがこの素材を扱う鉄則だ。

最終的には加熱して蒸発させるか、樹脂化して燃やして廃棄する。

そうこうしているうちに片付けが終わり、師匠が私を振り返った。

「取り出すぞ」

「はいっ」

師匠の言葉に、好奇心がうずく。

ご先祖さまの研究を引き継いで完成させた魔石安定化装置。

果たして私は、うまくやれただろうか？

ドキドキしながら見守る私の前で、師匠が上蓋を開け、容器に手を入れる。

そうして取り出された魔石を見た私は――――

「――っっ!!」

思わずその場でガッツポーズした。


漏れ出す青い光。

ひと目見て分かった。

これは…………

『良い』ですね」

私の言葉にゴドウィン工房長は口角を上げると、取り出した魔石を私に手渡した。

伝わってくる穏やかな波長。

偏在が解消され、石全体に均一に広がる魔力。

「ベテラン職人の手によるものには劣りますが、十分出荷できるレベルです」

「ああ。初品にしちゃあ上出来だ」

珍しく満足げに頷く師匠。

私はあらためて、私たちが作った魔石安定化装置を眺めた。

「品質としてはこれだけのものが出来れば十分です。あとは……消費魔石と生産性、それに消耗品の問題ですね」

この装置を動かすために、中型魔石を二つ使っている。

その魔石がどれだけ『保つ』のか。

ないとは思うけれど、二つの中型魔石を使って二つの魔石しか加工できなければ、この装置を使う意味はない。

また先ほどの説明の通り、スライム粘液には腐食性がある。

使用後に水を流して洗浄するとしても、タンクや配管、それに容器は消耗品と考えた方が良いだろう。

粘液自体のコストだけ考えても、単発で動かすのは割に合わない。

「同じ段取りのまま連続運転したいですし、できれば四個取りくらいで同時加工できるようにしたいところですね」

そう言って笑顔を向けると、師匠の顔が引き攣った。

「加工時間の違いによる品質変化の確認はもう小型魔石で始めちゃいるが……。まさかこの年寄りに、すぐに量産装置の設計にかかれ、なんてこたあ言わねえよな？」

疲れた顔を向けるお師匠さまに、私は笑顔で返す。

「さすがお師匠さま！　弟子が言いだすことはなんでもお見通しですねっ‼」

「ぐふ……」

お師匠さまは白目を剥いた。

4

それから二週間。

私たちは予定を変更してオウルアイズに留まることになった。

本来の予定ではこのまま王都に戻るはずだったのだけど、お父さまと私の……いや、家門全体の動きが変わったのだ。

きっかけは、エインズワース領からの一通の魔導通信。

発信者は、ソフィアだった。

『引継ヲ完了セリ。家門会議ノ開催ヲ求ム』

なんとまあ、相変わらず仕事が速い！

一ヶ月はかかると思われた引き継ぎ作業を、ソフィアはわずか二週間足らずで完了してしまった。

この知らせを受け取った私はすぐにお父さまに相談し、オウルアイズの屋敷で家門会議を開催することが決定。

早速、各地に設置した魔導通信機を使い、親族と騎士団幹部、それに工房の責任者に召集をかけたのだった。

5

家門会議当日。

オウルアイズのお屋敷の大ホールにはテーブルとイスが運び込まれ、会場が設営されていた。

集まった家門の幹部は、一五人あまり。

こうして見るとなかなかの人数だ。

「グレアム兄さま、ヒューバート兄さま。お忙しいでしょうに、お呼びだてして申し訳ありません」

私が謝ると、二ヶ月ぶりに顔を見ることができた二人の兄は破顔した。

「ここのところ働き詰めだったからな。休暇をとるには良いタイミングだ」

上の兄がそう言うと、下の兄も、

「学園でも家門の召集は休暇取得の条件に含まれてるから、僕の方も気にしなくていいよ」

相変わらず二人の兄は優しい。

その向こうでは、二人の工房長が話している。

「じいさん、あんたなんか疲れてねえか？」

王都工房のダンカン工房長が怪訝そうに問うと、お師匠さまがギロリと相手を睨んだ。

「……やかましい」

「いや、本当に。死相が出てるぜ、おい」

「やかましい、つっとるだろうが。この歳《トシ》で二週間も根詰めて仕事してりゃ息切れもするわっ」

言い返したお師匠さまに、さらに首を傾げるダンカン。

『根詰めて』って……オウルアイズ工房長のアンタが何をそんなに頑張るんだ？　王都工房と違って職人の数も揃ってるんだし、デンと構えて座ってりゃいいじゃねえか」

「はあ」

ため息とともに、こちらを見るゴドウィン工房長。

つられてダンカンもこちらを見る。

「――――ああ、なるほど」

途端に、何かを察したような顔になる王都工房長。

彼は気の毒そうに、ポン、ポン、と師匠の肩を叩いた。

「ああ見えて、熱中すると途端に人づかいが荒くなるよなあ」

その様子に、思わず私は抗議する。

「ちょっと、二人とも！　本人を前に、人を無慈悲な暴君みたいな目で見ないでくれます？」

私の言葉に、あらためてまじまじとこちらを見る二人の工房長。

そして――――

「「はあ………………」」

盛大なため息を吐かれてしまった。

カランカラン――

執事のブランドンがハンドベルを鳴らす。

お父さまが皆を見回して言った。

「家門会議を始める。皆、席につくように」

そして、数年ぶりの家門会議が始まった。

6

皆が着席したのを確認した父は、簡単な挨拶の後、すぐに本題に入った。

「皆も知っての通り、先日我が家門は保有する二つの爵位の陞爵を受け、新たに領地を管理することになった。一つは私が預かるオウルアイズ新領、もう一つがレティシアが預かるエインズワース伯爵領だ」

ちら、とこちらを見たお父さまに、私は頷き返す。

「今日ここに皆に集まってもらったのは、他でもない。この二つの領地と既存のオウルアイズ本領について、誰が、なんの管理を担当してゆくかの分担を決めるためだ。――ソフィア嬢。まずはエインズワース領の報告を頼む」

「はい」

私の隣に座っていたソフィアは父に応えると、他のメンバーに小さく会釈をした。

「エインズワース領でレティシア様の補佐官を務めさせていただく、ソフィア・ブリクストンです。王家からの引き継ぎを完了しましたので、現状をご報告させていただきます。――ロレッタ、一つ目の資料を」

「はいっ！」

アンナと同じくらいの年ごろの若い女性が、木製の掲示板に紙を貼り出す。

実は彼女はソフィアの元同僚で、国の若手行政官だった。

ソフィアが私のところで働くと聞いて、直後に転職を申し出てきたのだ。

まあ要するに、ソフィアの追っかけである。

合流が遅れたのは、前の職場の引き継ぎ作業に時間がかかったからだけど、それでも一ヶ月かからずにここまで追いついてこれたのは、ソフィアへの憧れゆえだろうか？

ロレッタが貼り出した棒グラフを示しながら、ソフィアが説明を始める。

「提示したグラフは、エインズワース領の過去一〇年の収支の遷移です。ご覧いただいて分かるように、年毎《ごと》の変動はあまりなく、概《おおむ》ね収入が支出を上回っている状況です。まずまず安定している、と言えるでしょう。ただし――」

ソフィアは資料を提示しながら、簡潔に分かりやすく今のエインズワース領の状況を説明していった。以下に要点をまとめる。


エインズワース領の財政は、今は安定していて僅かに黒字となっている。

が、それは国から派遣されている直轄軍が治安維持を担っていることが大きい。

ようするに、お財布が別なのだ。

自前の騎士団と領兵隊が業務を引き継げば、すぐに赤字に転落してしまうだろう。

陛下からいただいた猶予は三年。

三年間は直轄軍が引き続き駐留してくれる。

その間に私たちは、エインズワース領自体の『稼ぐ力』を高め、自前の騎士団と領兵隊を整えなければならない。

とはいえ、現在の基幹産業は労働集約型の農業であり、その他の産業は育っていない。

農地や放牧地に使えそうな広大な平原と丘陵地帯はあるけれど、人口の少なさからそれらのかなりの部分が未開拓のまま放置されている。

『ハイエルランドの穀倉地帯』といえば聞こえは良いけれど、要は人手に頼った農村地帯なのだ。

主要課題は三つ。


一つ、農業の効率化と高付加価値化。

二つ、新たな産業の育成。

三つ、自前の騎士団と領兵隊の創設。

前の二つで収入を増やし、三つ目の準備を進める。

ようするに――

「『富国強兵』を目指さなければならない、ということね」

呟いた私に、皆がぎょっとしたようにこちらを見た。

「『フコクキョーヘー』？　レティ、なんだいそれは？」

首を傾げるお父さまに、私は慌てて説明する。

「領地を富ませ、兵を整える。そんな意味の異国の言葉だったと思いますわ、お父さま」

「そうか。レティは物知りだな！」

「あ、ありがとうございます。うふふ……」

親バカモードで微笑むお父さまに、私は苦し紛れに笑って返したのだった。

7

エインズワース領の課題が明らかになったところで、続いて財務官から新旧オウルアイズ領の現状報告があった。

本領については、魔導ライフルの量産準備のために、二〇年かけて少しずつ貯めてきた預金を崩して大規模投資をしているとのこと。

今回の投資で預金の半分弱を取り崩す予定であるものの、基礎的な収支そのものは安定しているらしい。

問題は、新領だった。

「分かり易く言えば、エインズワース領と同じ問題をより深刻なレベルで抱えている、ということだ。国軍の駐留費用は国庫からの持ち出しで、その上で毎年の収支が赤字になっている」

お父さまの言葉に、皆は絶句した。

「新領は公国と接するため、より大規模な部隊が駐留している。にもかかわらず公国から侵攻されるリスクが高いので他領からの人口流入はほとんどなく、辺境に位置するため物流費も高い。現状の兵力を新領だけで維持しようとすれば、今の五倍の収入が必要なのだ」

「「五倍……」」

ホールがざわつく。

（うーん……）

私も思わず考え込む。

色んな改革を進めていくにしても、さすがに五倍の収入は短期間では作れまい。

一通り皆を動揺させた父は、再び口を開いた。

「陛下からは『国境警備のための部隊は残すつもりだし、必要であればそれ以上の部隊の駐留を継続させても良い』と言われている。とはいえ、我が家門の領地なのだ。完全な移管は無理にしても、ある程度の兵力は自前で用意したいところだ」

「全て国頼りというのも体裁が悪いですからね」

ヒュー兄さまがお父さまに同意し、私もそれに続いた。

「新領単体ではどうやっても厳しいでしょうから、三領全体で収支を考えた方が良いでしょう。エインズワース領の取り組みで成果が上がったものは、すぐにご報告するようにしますね」

「そうだな。まずはエインズワース領の改革と財政改善を進め、その成果を新領に展開することとしよう」

お父さまは頷くと、皆を見回した。

「それでは、やることが決まったところで仕事の割り振りを決めようか」

8

方針は決まった。

新領に手を入れるのは後回し。まずは私の領地からだ。

という訳で、伯爵領に新設する領兵隊の隊長には、これまで長いことオウルアイズ騎士団の騎士団長を務めてきたライオネルが就任してくれることになった。

「俺ももうトシだからな。東グラシメント派遣軍の司令とは旧知の仲だし、酒でも飲みながら田舎でのんびり後進の育成でもするさ」

そんなことを言って笑う、ベテラン騎士。

「ではさしあたり、部下に舐められないように、私と飛行靴《フライング・ブーツ》の練習をしましょうか」

私がにこりと笑ってそう言うと、ライオネルは「げっ」と顔を歪めた。

「アレ、苦手なんだよな……」

歴戦の勇士である彼だが、魔力操作はお世辞にもうまいとは言えない。

そこでなぜかお父さまが割って入った。

「それはいかんな、ライオネル。飛行靴は今後の騎士には必要不可欠な装備だ。――うむ。わざわざレティの手を煩わせるまでもない。私が直接手解きしてやろう」

「うっ……。赴任するまでに使えるように、自主練習しておきます!!」

お父さまの訓練は、厳しいことで有名だ。

騎士団長……もとい新任の領兵隊長は、苦い顔で父にそう返したのだった。


軍務の責任者は決まった。

行政と外務は、ソフィアとロレッタが担ってくれるから問題ない。

そうなると残る役割は、一つ。

そう。

魔導具工房の責任者だ。

「ダンカン、お前やれ」

「はあ⁉」

突然のお師匠さまの言葉に、ぎょっとして聞き返す王都工房長。

「あんたがやればいいだろ？　新工房の立ち上げなんて俺には荷が重すぎるぜ。大体、王都工房はどうするんだ。本工房と違って王都には人の余裕なんてないんだぜ⁉」

反論するダンカンを、お師匠さまがジロリと睨む。

「王都には本工房から何人か移籍させる。お前の後釜は、こっちとよくやりとりしてるあの若いのにやらせりゃいい」

「いやいや、爺さんちょっと待て。ローランドは職人じゃねえぞ⁉」

「別に工房長を務めるのが職人である必要はねえだろ。工房全体を見る力があるなら問題ない。技術的なところはお前の師匠とベテラン二人が見られるだろ」

「――って、爺さん連中をあてにするつもりかよ」

「あれらは俺とほぼ同い年だ。俺も引退しねえんだから、後進の指導くらいしてもらわにゃ困る」

「おいおい……」

頭を抱えるダンカン。

そんな彼に、お師匠さまは言った。

「俺ももう管理からは手を引いて、副工房長に任せるつもりだ。お前もそろそろ次のステージに進んでいい頃合だ」

その言葉に、ダンカンはしばらく唸ると、やがて口を開いた。

「職人になってこのかた、修理ばかりやってきたんだ。いきなり『新工房を立ち上げろ』なんて言われてもよ」

いつも強気なダンカンだけど、どうやら新しいことに責任者として取り組むのには、本当に自信がないらしい。

私自身は、『彼ならやれる』と思っているのだけど、やはり言葉にしてキチンと伝えた方が良いだろうか？

そう思い、口を開きかけたときだった。

「お前ならやれるだろ」

お師匠さまが隣の工房長にそう言った。


驚いて顔を上げるダンカン。

お師匠さまは続けた。

「こっちに送ってきた魔力分析機。――組んだのお前だろ」

「そうだが……なんで分かる？」

「線の引き方や手の入れ方を見りゃあ、誰が組んだかくらい分かる。嬢ちゃんが引いた図面に手を入れただろ」

「ああ。線の這わせ方が不味《まず》かったからな。図面に赤を入れて改訂要求を出した」

「あれだけできりゃあ上等だ。本工房だってすぐに任せられる。――――まあ、そんな楽をさせる気はないがな」

お師匠さまは片頬を上げ、にやりと笑った。


私の領地、エインズワース伯爵領の領内には現状、魔導具工房がない。

従って今後私が自分の領地で魔導具づくりを続けていくなら、ゼロから工房を立ち上げる必要がある。

ダンカンを新たな工房の工房長に推したお師匠さまは、最後に彼にこう言った。

「俺は俺でやることが山盛りだ。魔導ライフルの量産を立ち上げなきゃならんし、どこかの無慈悲な弟子からはすでに幾つも開発を押しつけられてるから、文字通り手が回らん。新たな工房の立ち上げを任せられるのは、お前しかいねえんだ。――腹を決めろ」

「無慈悲な弟子、なあ……」

そんなことを言って、ジトッとした目でこちらを見る二人。

「だからっ、なんでこっちを見るんです？？？」

私が抗議すると、二人の工房長は同時に「「はぁ……」」とため息を吐いた。

息を吐ききったダンカンが「しゃあねえなぁ」とぼやきながら顔を上げた。

「分かった。分かりましたよ。伯爵領の工房は俺が引き受ける。その代わり、必要な物と人員はなんとかしてくれよ？」

その顔にはもう、迷いはない。

お師匠さまがダンカンの背中を引っぱたき、私は大きく頷いた。

「必要なものは全て揃えます。要求事項を先にソフィアに送っておいてください。伯爵領で待ってますから。――よろしくね。期待してますよ、ダンカン」

私の言葉に、彼は珍しく照れたように「おうよ」と答えたのだった。

9

会議の主な議題はそれで終わりとなった。

そこで私は、お父さまに言って、一つだけ披露させてもらうことにする。

「皆さんご存知でしょうが、先日私たちは『魔石安定化装置』の開発に成功しました。試作機を使ったサンプルの出来は上々で、現在ゴドウィン師匠に量産設備の製作に取り掛かってもらっています。予定では一ヶ月後には稼働を始められる見通しです」

出席者たちから「おお」という歓声があがる。

「実はこの装置の開発に至る過程で、私たちはある現象を発見しました。これからご覧いただくのはその一部です。――アンナ、ロレッタ、カーテンを閉めてくれる？」

「「はいっ！」」

元気よく返事をして、窓に向かう二人。

間もなく窓の両側からカーテンが引かれ、ホールが薄暗くなる。

そこで私は、鞄からあるものを取り出した。

「それは……魔石かい？　どうやら安定化処理がしてあるようだが」

お父さまの問いに、頷く私。

「おっしゃる通りです。この魔石は、ある工夫をした上で、私が直接安定化の処理を施したものになります。――それでは、見ていてください」

私は立ち上がってイスから離れると、左手に魔石を持ってかざし、右手にこれまた鞄から取り出した懐中電灯のような形の魔導具を構え、そのスイッチを押した。

カチッ
「「おお……」」

その瞬間、皆がどよめいた。

懐中電灯から出た魔力光が魔石を照らし、魔石を透過した光が壁を照らす。

そうして壁に映ったものは――

「……ココとメル？」

ヒューバート兄さまの呟きに、私は「正解です」と頷いた。

壁に映し出されていたのは、屋敷の庭に広げられたテーブルセットと、そのテーブルにちょこんと座った二体のクマたち。

「これは絵画？　――いや、それにしてはあまりにもリアル過ぎる」

グレアム兄さまが壁を睨んで唸る。

私は懐中電灯に並んだ二つのボタンのうち、二つ目のボタンを押す。

カチッ
次に映ったのは――

「これ……私ですか⁉」

屋敷をバックに笑顔を向けているのは、アンナだった。

「お、お嬢さまっ、恥ずかしいです！　さっきのに戻してください‼」

「可愛いのに……」

「そういう問題じゃありません！」

「仕方ないわねぇ」

私はしぶしぶ一つ目のスイッチを押す。

カチッという音とともに、壁には再びココとメルの画像が映った。

「「…………」」

私とアンナがじゃれている間、他の出席者のほとんどは目を丸くして壁の画像と私の手の中のものに見入っていた。

やがてお父さまが、信じられないという顔で小さく首を振ると、私を見つめる。

「レティ、説明してくれるかい？」

「分かる範囲でよろしければ」

お父さまの求めに、私はにこりと笑って頷いたのだった。

10

ココとメルの魔石の中に私の記憶を見てから、私はその現象に一つの仮説を立てていた。

『適切に安定化した魔石は、記録装置の機能を持ち得る』

そして、

『圧力がかかった魔力に曝すことで、その機能を活性化することができる』

今まで誰も考えたことがなかったであろう、突飛なアイデア。

だけど実際、ココとメルには私の記憶が刻まれていたし、魔導基板を抜いた状態で過去に使用した魔法を発動することができた。

お師匠さまの『魔剣』の話にも、回路が壊れた魔法剣で魔法を発動したという話が出てきた。

これだけ事例があるのなら、試さない訳にはいかない。

私はここしばらく本領の自分の研究室にこもり、手を替え品を替え、魔石に魔力圧を加えて、そのときの挙動を記録し、考察を積み上げていたのだった。

結論からいえば、そう難しい話ではなかった。

魔石は瞬間的に強い魔力を加えたとき、その周囲の光景を記録した。

そして、記録したときと同じ波長の魔力光を魔石に照射すると、その像を外部に投影することができた。

それが今、皆に披露した現象。

とりあえず懐中電灯型の魔力光照射装置を作って手動で魔石に当てたけれど、これは魔石と照射装置を一つの箱に収めて魔導具にできる。

『幻灯機』。

絵や文字などを暗い部屋の壁に映し出す機械。

映画館の映写機に近いかもしれない。

そしてここまでくれば、その『次』が見えてくる。


「『写真機《カメラ》』を作ろうと思います」

ひと通り魔導幻灯機の原理を説明した私は、お父さまにそう言った。

「かめら?」

「はい。写真機《カメラ》です。今壁に映したような人物や風景を撮影する機械で、撮影した画像を特殊な紙か金属板に転写できるようにしたいと考えているんです」

「転写!? そんなことまでできるのか???」

身を乗り出したダンカンに、私は答える。

「開発はこれからです。正直、やってみなければ分かりません。ですが、魔導金属《ミストリール》をうまく使えば、できないことはない、と考えてます」

「お嬢から俺への依頼の一つが、それだ」

ぶすっとした顔でそんなことを言うお師匠さま。

「まあまあ、お師匠さま。この開発がうまくいけば、できあがった『写真』を使ってインパクトばっちりの求人ポスターを貼り出せますから。職人募集に絶大な効果がありますよ」

「まったく。この調子でどんどん突っ走って行きやがる。ちったあ年寄りを労わらんかい」

師匠のぼやきに、どっ、と笑いが広がる。


「私からの披露は以上です。——最後に一つ、ご相談があるのですが、よろしいでしょうか。お父さま」

「なんだい？」

「ソフィアから、エインズワース伯爵領の領都、プリグラシムの改名について建議がありました。なんでも貴族が初めて領地を賜った場合、その領都に新たな名前を付けるのが古くからの慣例だとか」

私の言葉に、父は「ふむ」と頷いた。

「確かに、そういう慣習があったということは聞いたことがある。——それで、名前は決めたのかい？」

「はい。色々考えたのですが良い名前が思いつかなくて……。『ココメル』にしようと思うのですが、いかがでしょう？」

その瞬間、「っ！」と噴き出すのをこらえる音が、並んで座るお兄さまたちの方から聞こえた。

「い、いいんじゃないかな。分かりやすくて」

ヒュー兄さまが顔を手で押さえながらそう言うと、隣のグレアム兄さまも同じポーズで、

「そうだな。覚えやすくて良い名だと思う」

と言った。

「頑張って考えましたのに……」

むくれる私。

そのときお父さまが、微笑とともに頷いた。

「うむ。お前のように可愛らしくて良い名前じゃないか。私も賛成だ」

こうして、何か釈然としないまま、私の街の名前が決まったのだった。

✶⋆第7章　辺境の村⋆✶

1

家門会議から一週間後。
私は王都に戻らず、エインズワース領の最南端に位置するシズミ村にいた。
ソフィアの要請と私自身の希望により、領内で最も貧しい地域に視察に来ていたのだ。
「これは……」
崩れかけた塀で囲まれた、小さな村。
村に入った私は、あまりの様子に絶句した。
傾きかけた廃墟のような家が二十数軒、広場を囲むように建っている。
人がいなければ、廃村と信じて疑わなかっただろう。
だけど、人はいた。
井戸の横で洗いものをしている女性。
鍬《くわ》を担ぎ、畑に向かおうとしている男性。
そして、駆けまわる子供たち。
彼らは私たちを見ると一様に驚き、蜘蛛の子を散らすように逃げてゆく。

人によっては慌てて家に駆け込んでバタンと扉を閉めてしまった人もいた。

「えっと……ひょっとして私たち、警戒されてる？」

私の問いに、ソフィアが頷く。

「警戒されていますね」

「辺境の村とはいえ、この反応は尋常じゃないわ。何かあるのかしら？」

そうして首を傾げながら歩いていると、広場の奥の一番大きな……けれど他と同様ボロボロの家から、一人の老人が姿を現した。

傍らには、先ほど見かけた男性が付き添っている。

老人は杖をつきながら私たちの前までやって来ると、鋭い目つきでこう言った。

「はて。貴族のお嬢様が、このような捨てられた村に何のご用ですかな？」

「新しい領主様？」

胡散臭《うさんくさ》げな目で私たちを見る村長。

そしてそれを遠まきに見守る村人たち。

「ええ。統治官のミオダイン子爵から通達が来ていませんか？」

「さて。地代の取り立て以外では役人も兵士も寄りつかん土地ですからな。今、どなたが治められているのかも知らんのですよ」

言葉の端々から感じる不信感と敵意。

これはちょっと、大変かもしれない。

私はできるだけ冷静に、淡々と説明することにした。

「これまでこの領地は『東グラシメント』という王家の直轄領でした。領主はおらず、三年任期の統治官が王都から派遣され統治を代行してきました」

「はあ」

怪訝な顔で返事をする村長。

「ですがこの度、この領地は私ことレティシア・エインズワースに与えられ『エインズワース伯爵領』となりました。従って、少なくとも私が元気な間は、私が領主としてこの地を治めることになった訳です。分かりますか？」

「……はあ、なんとなくは」

不審げな表情を変えない村長。

そしてそれは、遠くから私たちを見ている村人たちも同じだ。

「…………」

しばしの間、沈黙が流れる。

やがて村長は、深く、長いため息を吐いた。

そうして彼の口から出てきた言葉は、彼らの警戒感の理由を物語るとんでもないものだった。

「――それで儂らは、貴方様に何を差し出せばよろしいのでしょう。若い娘は三年前に連れていかれて、もう何人も残っておらんのです。ひょっとして、男を差し出せと仰るんでしょうか？」

「はあ!?」

私の怒気のこもった声に、村人たちの顔が強張った。

2

村長の話で明らかになったのは、とんでもない事実だった。

先代の統治官……つまりミオダイン子爵の前任者は、任期が明ける直前にこの辺境の地にやって来て、村々から気に入った娘を拉致《らち》して行ったのだ。

『このことを騒ぎたてれば、村人を皆殺しにする』と脅しつけて。

元々彼ら統治官にとっては、地代を回収するだけの打ち捨てられた土地。

そうして脅しておけば発覚しないと考えたのだろう。

——だけど、そんな非道なことが隠しきれるはずがない。

私と村長のやりとりを聞いていた少年が、ずい、と前に出て叫んだ。

「どうせあんたも、アイツと同じなんだろ!?」

「おいっ、やめろノッコ!!」

「うるせえっ!!」

引き止めようとする男性の手を振り払い、こちらに走り寄るノッコ少年。

私を守ろうと体を入れようとするアンナを、手で制止する。

少年は追いかけてきた男性に取り押さえられながら、ポロポロとこぼれる涙で顔をぐちゃぐちゃにして叫んだ。

「あんたら貴族はいつもそうだ！　日照りで畑がだめになったときも、洪水でたくさん死んだときも、容赦なく俺たちの物を取り上げてく。おまけに、ねーちゃんたちまでっ！　ねーちゃんを返せ！　ジェナねーちゃんを返――――（モゴモゴ）」

傍らの村長が、慌てて少年の口を塞ぐ。

「も、申し訳ありません。この子の両親は洪水で亡くなっておりましてな。連れて行かれた姉が、唯一残った肉親だったのです。どうか、どうか、広い心でお赦《ゆる》しくださいっ」

少年の頭を地面に押さえつけ、一緒に額を地面にこすりつける村長。

その勢いに気圧《けお》された私は一瞬固まり、一回、大きく息を吸う。

そして両ひざをつき、ノッコ少年の肩に手を置いた。

「⁉」

びくっ、と体を震わせる少年。

私は彼らに言った。

「分かりました。拐われたお姉さんたちのことは、私が調べてみます。――だから貴方たちも知っていることは全部私たちに話して。ね？」

私の言葉に、驚いた顔の少年はコクコクと頷いたのだった。

3

シズミ村の訪問から数日後。

領都ココメルの執務室には、調査結果を報告するソフィアの姿があった。

「住民名簿を確認したところ、拉致された娘たちは、その年にあった洪水で死亡したことになっていました」

「洪水？」

聞き返した私に、ソフィアが頷いた。

「はい。元々南部は河川が多く水害が多い土地なのですが、三年前の洪水ではシズミ村を含む一帯が広域にわたって浸水し、数十名の犠牲者が出ておりました。――拉致されたとされる九名の少女も、その際に死亡したと記載があります」

「つまり、公文書の改竄《かいざん》ね。当時の統治官は誰だっけ？」

「コンリーロ子爵です。立ち回りの上手い王党派の法衣貴族で、王城襲撃事件でも証拠不十分で釈放されています」

「つまり、何の罪にも問われていないってことね？」

「はい」

「それはよかったわ」

「？」

私の言葉に、首を傾げるソフィア。

私は『よかった』と言った理由を説明する。

「拉致された子たちは、今もまだコンリーロ子爵の屋敷で働かされている可能性が高いと思うの。もし彼が処罰されていたら、生活水準を下げるために彼女たちを手にかけていたかもしれない。そう考えれば、子爵の生活環境が変わっていないのは不幸中の幸いだわ」

「確かに、仰る通りです」

頷いたソフィアに、私は言った。

「ソフィア。拉致された子たちを助けるわ。できるだけ速やかにね。方法を考えてくれる？」

「畏まりました。では――」

すでに考えてあったたのだろう。

王国有数の頭脳を持つ私の秘書官は、少女たちを助けだす方法を分かりやすく説明してくれたのだった。

4

三週間後。

私は再びシズミ村を訪れていた。

ただし今回は、私たち以外に数名の同行者がいる。

「……ジェナねーちゃん？」

ノッコ少年が、目を見開く。

「ノッコ!!」

「ねーちゃんっ!!」

駆け寄り、涙を流しながら抱き合う二人。

村に連れ帰った他の少女たちも、それぞれ家族との再会を果たしていた。

「よかった……」

その光景に、思わずもらい泣きしてしまう。

私がハンカチを取り出して涙を拭っていると、村長が杖をつきながらやって来る。

その頬には、他の皆と同じように涙の跡があった。

「伯爵様……」

私が彼を振り返ると、村長は両ひざを地面につき、祈るように私に首を垂れていた。

「村長さん？」

「伯爵様。娘たちを連れ帰っていただき、本当にありがとうございました。……まさか、生きて再び孫娘の顔を見ることができようとは……っ」

「えっ、まさかお孫さんが拐われていたのですか!?」

私が驚くと、村長は後ろを振り返り家族との再会を喜ぶ一人の少女をしばらく見つめ、再び私を見た。

「本当に、本当にありがとうございました。——シズミ村は、決してこの恩を忘れません。閣下のお力になれることがあれば、ぜひお申しつけください。いつでも、どんなことでも微力を尽くさせていただきます!!」

王家直轄領時代の誘拐事件ということで陛下を通してコンリーロ子爵を起訴してもらったり、統合騎士団に誘拐されていた娘たちを救出してもらったりと色々と大変だったけれど、ふたを開けてみれば、最良の結果に落ち着いた。

誘拐されていた子たちは無事村に戻り、村長と村人の信頼も得ることができた。

これでやっと、本来の仕事に集中できる。

5

「洪水、ですか?」

私の問いに、村長が「はい」と頷いた。

「この辺りも普段は良い土地なのです。作物はよく育つし、近くを流れるエルダ川のおかげで、リーネ川流域の街にも作物を売れる」

エルダ川はリーネ川の支流の一つだ。

水運が使えるならば、収穫物の売り先が広がる。

この辺りが『良い土地』なのは間違いない。

私たちは今、村長の家で村が抱える悩みについて話を聞いていた。

「しかし数年に一度、雨が続くと川が溢れて辺り一帯が水没するんです。そうなるともう、作物はダメ、牛や豚や鶏もダメ。ノッコの両親のように、村の者が命を落とすことも珍しくありません」

視線を落とし、とつとつと語る村長。

私は彼に尋ねた。

「高台に移るのはどうですか?」

「辺りを見ていただくと分かる通り、最寄りの高台までは相当な距離があります。一番近いところで徒歩一時間ほど。この辺りの村が共同で収穫物の貯蔵庫を設けとりますが、さすがに農作業をして帰るには遠いです」

「むう……」

私は唸った。

村長の言う通り、高台までは距離がある。

目測で約四km。

たまに歩くならともかく、毎日農作業をするために通うにはちょっと厳しいかもしれない。

「これまでの統治官は、対策をしてこなかったのですか?」

「毎年冬から春にかけて、川の脇に土を盛る工事があって、この辺りの村の者たちも駆り出されとります。————が、それも一度大雨が降ると、崩れて土が流されてやり直しです」

村長の言葉に、ソフィアが補足する。

「たしかに治水工事には、毎年かなりの予算が使われています。総予算の二割程度が治水関係です」

「それだけのお金と人を投入して効果が薄いのは、なぜなのかしら？」

私が首を傾げると、ソフィアは持参していた南部の地図をテーブルに広げた。

「川が氾濫する場所は大体決まっていて、この辺りになります」

そう言って地図を指し示すソフィア。

「工事ではこの川沿いに盛土をして堤防を作っているらしいのですが、村長の言った通り、一度大水が起こると堤防の同じ場所が崩れてしまうようですね」

ソフィアが指したのは、北西から流れてきたエルダ川が南に向かって大きくカーブを描いている部分。

「……そっか。屈曲部の外側なのね。だから人工的に堤防を作っても流れで土が削られるし、大水になると水位上昇と圧力で決壊するんだわ」

一般的に川の屈曲部は、外側の方が流れが速く川底が深く削られている。

大水ともなれば当然削られる速度は速まり、水の圧力も高まる。

それは決壊するだろう。

そしてこのシズミ村は、川の屈曲部から七〇〇mほどしか離れていない。

近隣の村も、せいぜい一・五㎞程度。

多大な被害が出るのは一目瞭然だ。

「なるほど。原因は分かったわ。――――村長さんが知っている限りで、一番ひどい洪水のときにどのあたりまで水が来たか分かるかしら？」

「ふむ。一番ひどかったときですか………」

私の問いに、考え込む村長。

やがて彼は、地図を指差した。

「正確なことは分かりませんが、一五年前の洪水のときには確か、ここと、ここの村にまで水が来たという話を聞いた気がします」

村長が指差したのは、川の屈曲部から三㎞近くも離れた村だった。

「ようするに、見渡す限り全ての土地が水に浸かった訳ね」

私は考え込んだ。

ここまで広域に浸水したとなると、この辺り一帯はほとんどが低地であると考えた方が良いだろう。

そして川の堤防は、ほぼ必ず決壊する。

そう考えると『壊れない堤防を作る』より、浸水を前提に対策を考えた方が良いのかもしれない。

私はぽつりと呟いた。

「――いっそのこと、しっかり溢れさせてしまいましょうか」

「「え⁉」」

その場の全員が凍りついた。

最初に口を開いたのは、ソフィアだった。

「レティシア様。『しっかり溢れさせる』とはどういうことでしょうか？」

彼女の問いに、私は地図の一点を指した。

「堤防が決壊する場所は決まっているのよね。そして、それは防ぐことが難しい。――なら、川が溢れる前提でその水を貯められるような貯水池を作って、村の隣にはいざというときに避難できる高所を設けるのはどうかしら」

私の言葉に、顔を見合わせる村人たち。

代表して村長が手を挙げた。

「あの……そのような方法は初めて聞くのですが」

私は戸惑う村人たちに、あえて自信ありげに微笑んだ。

「これは『減災』といって、災害の多いとある国で実践されている考え方よ。あえて浸水範囲を決めて水が広がる速度を遅らせてやることで、人と家畜が避難する時間を作るの。被害が出た分は、領地の蓄えから支援して復旧すれば良いわ」

「支援……」

「復旧……」

信じられない、という顔で呟く村人たち。

「この土地は、土も立地も恵まれてる。災害対策をきちんとすればきっと良い村になるわ。治水工事には領兵隊を動員しましょう。川自体に手を加えて流れを変えるにはかなりの時間がかかるから、まずは『減災』して被害を抑えながら、腰を据えて治水に取り組みましょう！」

私の言葉に、皆はぽかんとした顔で頷いたのだった。

6

数日後。

シズミ村の調査から戻った私は、自室の製図台を前に唸っていた。

「――とはいえ、今の道具と人員では、遅々として工事が進まないのよね」

この世界にある土木工事の道具といえば、シャベルとツルハシ、それに木製の手押し車くらいだろうか。

パワーショベルやブルドーザー、トラックといった便利な建設機械、重機がないので、すべて人の手で進めるしかない。

しかしそれでは、大勢の人を動員しても何年もの工期がかかってしまう。

大雨や洪水は待ってくれない。

明日来るかもしれない災害の被害を少なくするためには、限られた人員で速やかに工事を進めなければならなかった。

「せめて、道具くらいはなんとかしたいところだけど……」

私は思案する。

今から重機を開発しても、できあがるのは早くて数年後。

この世界の冶金技術のレベルを考えれば、一〇年単位で時間がかかってしまうかもしれない。

さすがにそんなに悠長にやっている訳にはいかないから、もっと簡単なもので『人の力』を補わないといけないのだけれど――

「パワードスーツ……は材料的に厳しいわよね」

パワードスーツは、人間の腕や腰、足などの動きを補助するものだ。

コンパクトなものはサポーターのように体に取り付けるだけだけど、大型のものになるとまるでロボットに乗り込むように装着して使用する。

地球では介護や自動車組み立てなどの作業用に実用化され、軍用品の開発も進められていた。

が、向こうにあったような、軽量で強度のあるFRP《強化プラスチック》や炭素系材料がこの世界にある訳でもない。

動力を使わないパッシブ型強化外骨格のようなものであれば形だけは作れるかもしれないけれど、鉄では重すぎるし、木材では強度が足りないだろう。

「ああ、どうしよっ！」

私がのびをしたときだった。

「お嬢さま。そろそろ休憩されませんか？」

部屋の扉が開き、ワゴンを押したアンナが現れた。

「休憩する――！」

「ふふ。今日は煮詰まってらっしゃるようですね」

「そうなのよう」

そう言って、アンナに抱きつく。

紅茶の甘い香りが鼻をくすぐった。

「あらあら。今日は甘えん坊さんですね」

「考えないといけないことが多くて、もう頭がぐちゃぐちゃよ」

「領地を治めるようになられて、大忙しですものね」

アンナは私の頭を撫でると、

「一度、窓を開けて空気を換えましょうか」

と言った。

「そうね」

私が頷いて彼女から離れると、アンナは窓のところに歩いて行き、その窓を開け放った。

「それではお茶の準備をしますから、少々お待ちくださいね」

「はーい」

答えた私は窓際に立ち、外を眺めた。

眼下には裏庭が広がり、その向こうではこの街初の魔導具工房となる『エインズワース魔導工房・ココメル工房』の建設が始まっている。

工房はダンカンと話し合って、私の屋敷の敷地内に建てることにした。

これは主に秘密保持のためだ。

決して『遠いと行くのが大変』とかそんな理由じゃないからね？

魔導ライフルの量産と魔石の加工はオウルアイズの本工房でやることになっているし、民生品の生産は王都工房に移管を進めている。

このココメル工房は、主として試作を手がける研究開発拠点となるだろう。

「思えば、新たな工房の立ち上げは二〇〇年ぶりになるのね」

開いた窓から入ってくる初秋の風に吹かれながら、呟く。

かつて天才イーサン・エインズワースは、早逝した父親の跡を継いで親方となり、今の王都工房で出征する弟のために一組の魔導剣と魔導盾をつくった。

それは、一つだけ弱い魔法を放つことができる従来の魔導武具と違って、武具本体の性能を高める革新的な魔導具で……

「――――ん？」

ちょっと待って。

武具自体の性能を高める？？？

それって、別に武具に限らなくても良い話よね？

「例えば、シャベルで地面を掘るとき。あるいは、掬った土を持ち上げるとき。動く方向に一瞬だけ力が加われば――」

私は早足で製図台に戻り、広げてあった紙にペンを走らせる。

「お嬢さま？」

「ごめん、アンナ。お茶はそこに置いておいて！」

「あらあら」

私の侍女はくすっと笑うと、用意していたお茶菓子の皿をワゴンに戻し、テーブルセットを私の隣に移動させた。

「もう。本当はダメなんですからね」

そう言って笑い、改めてお茶の準備を始めるアンナ。

「ありがと！　アンナ大好きっ!!」

「アンナも、お嬢さまのことが大好きです！」

そうして私はその日、新しい魔導具の図面を描きあげたのだった。

7

一ヶ月後。

私たちはまたまたシズミ村に来ていた。

それも今回は、前回を上回る人数の同行者を連れて。

「な、何事ですかな？」

目をぱちくりさせる村長と村人たち。

まあ、当然よね。

だって……

「これからしばらく部下が世話になるぜ。エインズワース伯爵領、領兵隊隊長のライオネルだ」

そう言って村長に手を差し出すうちの隊長さん。

そして、

「同じく第一領兵隊小隊長のヘイデンです！　今回の治水工事で現場責任者を拝命しました。村の隣を宿営地として使うので、何かあれば遠慮なく言ってください!!」

オウルアイズ騎士団で若手のホープだったヘイデンが元気に自己紹介する。

さらに彼のあとに、王国派遣軍の小隊長が続く。

村の外には、整列した兵士たち。

第一領兵隊五〇名、王国派遣軍が同じく五〇名。

総勢一〇〇名の人員でシズミ村周辺の治水工事にあたる。

彼らが背負っているのは、ライフルでも魔導剣でもなく、シャベルだ。

私は村長と村人たちに説明する。

「先日お話ししたように、今日から貯水池と避難用の高台の工事を始めます。騒がしいでしょうが、村の人たちの命と財産を守る大切な工事ですから、理解してもらえると嬉しいです」

「「おお……」」

皆の顔がほころぶ。

と、村長がこんなことを尋ねてきた。

「あの、我々は何をすれば？」

「ええと……特に何かをしてもらうつもりはなかったのだけど」

私の言葉に、顔を見合わせる村人たち。

彼らは頷き合うと、村長が私に言った。

「村のために工事をしていただくのに、私たちが何もしない訳にはいかんです。どうか儂らにも協力させてください」

私の目をまっすぐ見つめる村長と村人たち。

――これは、断れないな。

「では、工事のお手伝いをしてもらえますか？　もちろん農作業優先で、できるときにできる人数で参加してもらえれば構いません。作業の指示は、ヘイデン小隊長に出してもらってください」

「もちろんです！」「「おお!!」」

力強い返事があたりに響く。

こうして、皆で協力して治水工事が始まった。

8

翌日。

工事現場を訪れた私は、色んな人から声をかけられた。

「あ、レティシア様！　この輪っぱ、凄いですね!!」

「え？　わっぱ？？？」

首を傾げた私に、小隊長のヘイデンは持っていたシャベルを持ち上げ、柄《つか》の真ん中あたりに取り付けられたリング状の魔導具を指差した。

「これですよ、これ。この輪っぱのおかげで、地面を掘るのも土を持ち上げるのも楽々なんです。片手でもいけるくらいなんですよ。――――ほら！」

そう言って片手で地面にシャベルを突き立て、持ち上げてみせる。

「おかげで、かなり作業が捗《はかど》ってます」

ヘイデンの言葉に、作業をしている周りの兵士たちも、うんうん、と頷いた。

なるほど。

大人の男性なら、片手で扱えるくらい軽くなるのか。

一応、試作段階では自分自身でも使い心地をチェックしてあるので、驚きはしないけどね。

それにしても、いくらリング状だからって『輪っぱ』はあんまりだ。

「それは良かったわ。ところで、それには『パワーサポートアタッチメント』という名前があるのだけど」

「ああ、そうでした！　『ワッパポートアッチャッチャ』。――――俺たちの間ではもう『輪っぱ』で定着しちゃいましたけどね。はっはっはっ！」

「「はっはっはっ!!」」

豪快に笑う兵士たち。

いや「はっはっはっ」じゃないから！

全然合ってないから!!

なによ『アッチャッチャ』って!?

「はあ……」

頭を抱える私。

なんだろう。この脳筋集団は？


私が今回の工事のために開発した『パワーサポートアタッチメント』は、その名の通り、シャベルなどの道具に取り付けて動きを補助する魔導具だ。

普通のシャベルに鋤《すき》や鍬《くわ》、斧などの柄の部分にボルト留めしてスイッチを入れるだけで効果を発揮する優れもので、文字通りその道具の動きをサポートする。

木製の本体に専用の魔導基板と小型魔石を組み付けるだけ、というシンプルな構成なので、量産性も高い。

今回はとりあえず二〇個用意したけれど、お父さまに頼んでオウルアイズの本工房で量産してもらっている。

この魔導具が普及すれば、農業の生産性もいくらかは改善するだろう。


「ふぅ」

何はともあれ、なんとか工事を始めるところまで漕ぎつけた。

辺りを見回すと、工事する兵士たちも村人たちも皆、生き生きと作業に取り組んでいる。

私が来た当初にぶつけられた村の人々の警戒感。

今やそんなものはどこにもない。

どうやら未来は明るそうだ。

「——よしっ。私も頑張らなきゃね！」

秋空の下、私は大きく伸びをしたのだった。

9

それから三ヶ月。

私はオウルフォレストとココメルを行き来しながら、新たな工房の立ち上げと魔導具開発に明け暮れた。

幸いなことに写真機の開発は順調に進み、王都工房に貼り出した写真を使った求人ポスターのおかげで、多数の職人を集めることができた。

新工房の窯の火入れも、無事完了。

季節は秋から冬へ。

そして、わずかに春の気配が漂い始めた頃。

領都ココメルの私のもとに、陛下から登城要請があったという連絡が入ったのだった。

✶✶第8章　再会✶✶

1

その知らせは、王都のお父さまから領都ココメルにいる私に向けて魔導通信で届けられた。

「王城ヨリ出頭要請。至急王都ニ戻ラレタシ　父」

ココメルから王都まで、最短ルートを通って馬車で五日。

『至急』ということは、あらゆる手段を使って最速で王都に来て欲しい、ということだろう。

「……という訳で、しばらく王都に行って来るわ。留守をお願いね」

私は執務室に呼んだアンナとソフィアにそう伝えた。

「承知致しました」

即答するソフィア。

一方のアンナは――

「お嬢さまっ。私も同行させてもらえませんか！」

「ごめんね、アンナ。今回は急ぎみたいだから、飛んで行くわ」

私の言葉にアンナは、「むう……」としょぼんとした顔をする。

『飛んで行く』というのは文字通りの意味で、飛行靴《フライング・ブーツ》を使って空を飛んで行くことを意味している。

人目につきにくいよう夕暮れ時に出発し、高高度を高速で移動する。

ただ、高い高度を飛ぼうとすると、空気も薄いし気温も低い。

さすがに生身だと無理がある。

そのため私はココとメルに、自分の周囲に空気の層をつくる魔法と、温度を維持する魔法の基板を仕込んでいた。

なので私一人であれば問題なく飛べる。

けれど、アンナを伴って飛ぶのはさすがに厳しかった。

「それでは、私は馬で追いかけますね……」

私はしょぼんと肩を落とすアンナの前まで歩いて行き、その手をとる。

「わかった。一足先に王都で待ってるわ。……今度、一緒に飛べるように解決策を考えておくから」

「本当ですか？」

「ええ、本当よ。私が約束をやぶったことってあったかしら？」

「――ないです」

「じゃあ、ほら。そんな顔をしないで」

「お嬢さまあっ」

ガバッと私を抱きしめるアンナ。

私はアンナの背中を、ぽん、ぽんと叩いたのだった。

2

その日の夕方。

工房へと続く屋敷の裏庭に、私たちはいた。

「それじゃあ、行ってくるね」

振り返った私に、ソフィアが一礼する。

「こちらのことはお任せください」

「私もすぐに参りますから！」

心配性のアンナの声に、私は笑顔で頷いた。

そして――

「『気層生成《ディア・フラーマ》』！」

私が叫んだ瞬間、隣に浮いていたココの両手が光り、ブン、と薄く輝く空気の層が私の周囲に現れる。

「『恒温維持《キプト・テンプリース》』！」

今度はメルの両手が光り、肌寒かった空気が一瞬で温まる。

私はアンナとソフィアに向き直った。

「じゃ、行ってきます！」

「行ってらっしゃい、お嬢さま!!」

「お気をつけて」

二人の声に頷くと、私は暗い雲に覆われた空に飛び立った。

一気に空高くまで舞い上がった私は、下層の雨雲を突き抜けたところで静止し、ポケットから方位磁針を取り出した。そうして人目につかないようココメルの街から離れたところで一度静止し、ポケットから方位磁針を取り出した。

「王都は……あっちね」

王都のある東を向き、飛行靴に魔力をこめる。

ぐん、と加速する。

（速度計がないから、どのくらいの速さで移動してるか分からないわ。……ナビがあれば便利なのにな）

エインズワース領の領内では、試しに何度かこのくらいの高度を飛んでみたことがある。

けれど、領外への長距離フライトは私も初めての経験で、しかも半分は夜間飛行だ。

（今回みたいなことがあるなら、簡単な航法装置が必要かも）

そんなことを思いながら、雲に囲まれた空を駆けたのだった。

3

——迷子になったらどうしよう。

そんな不安を胸にトライした、夕暮れ~夜間の長距離フライト。

出発して三時間あまり。

進行方向に静かに光る王都の灯火を見つけたとき、私はほっとして息を吐いたのだった。


王都の城壁を飛びこえ、一直線にオウルアイズの王都屋敷へ。

幸いこの前長期滞在したおかげで、王都の地理は大体頭に入っている。

それに魔導灯でライトアップされた王城が町のどこにいても見えるので、私は迷うことなく屋敷の正面に降り立つことができた。


玄関のベルを鳴らしてまもなく。

扉を開けた執事のブランドンは、私の姿を見た瞬間、文字通り目を丸くした。

「おっ、お嬢様っ⁉」

お父さまが子供の頃からエインズワースに仕えてくれているブランドン。

いつも動じず、静かに、速やかに仕事を進める彼がこんなに驚くのを、私は初めて見たかもしれない。

「ただいま、ブランドン」

にっこり笑う私に、彼は大きく息を吸うと、胸を押さえて吸った息を吐き「失礼しました」と一礼した。

「中へどうぞ。おかえりなさいませ、お嬢さま。……しかし、お嬢さまは伯爵領にいらっしゃるものとばかり思っていたのですが」

「そうね。一七時までは向こうにいたわ。――――お父さまが『至急』って魔信を送ってこられたから、これで飛んできたの」

そう言って、飛行靴を指差す。

伯爵領から王都まで約二〇〇km。

大体、時速六〇kmほどのスピードで空を駆けた計算になる。

靴を見て「は――――っ」と感嘆の声をあげる白髪の執事。

「いやはや。お嬢さまが創り出される魔導具は、毎回私たちの常識を飛び越えてゆかれますなあ」

目の前の状況がまだ信じられない、というように首を振った彼は、すぐに気を取り直して私に向き直った。

「さて、これからどうされますか、お嬢さま。旦那様はまだ戻られておりませんが、一度お部屋でお休みになられるか、夕食がまだのようであれば、すぐに食べるものをご用意致しますが」

「お父さまは残業？」

「いいえ、外国の使節団の歓迎パーティーでございます」

「パーティー？　それじゃ、かなり遅くなりそうね」

現在、二〇時半。

お父さまの帰りは〇時近くになるだろう。

「今日は先に休むわ。湯浴みの準備と、軽食を部屋に持ってきてもらえるかしら」

「かしこまりました」

こうしてお風呂に入りお腹を満たした私は、長距離飛行の疲れから睡魔に襲われ、ベッドに入るとあっという間に眠りに落ちたのだった。

4

翌朝。

朝食のため食堂に出向くと、先に席についていて待っていたお父さまが「レティ！」と叫び、すごい勢いで駆け寄ってきた。

そして茫然とその様子を見ていた私を、そのままの勢いでがばっと抱きしめたのだった。

「お、お父さま!?」

「まったく、伯爵領から空を飛んでくるなんて。本当に無茶をする。どこか具合の悪いところはないか？」

「ええ。よく寝られましたたし、すこぶる元気ですよ」

「そうか。だが、昨日の今日だ。今日は一日……いや、数日間はゆっくりした方が良いだろう」

相変わらず過保護なことを言いだすお父さま。

私はお父さまを手で押すと、笑って言った。

「なにを言ってるんですか。お父さまが『至急』と魔信を送って来られるから、大急ぎで、それこそ飛んで参りましたのに」

「う、うむ……」

なにか気が進まないような顔をするお父さま。

「陛下がお呼びなんでしょう？」

「まあ、そうなんだがな……」

さらに渋い顔をしたお父さまは、目をそらすと「こんなことなら、『至急』などと入れなければ良かった」と、ぶつぶつ呟く。

「ひょっとして、早く来すぎました？」

「いや、そんなことはない。そんなことはないんだが……」

「私も時間は大切にしたいですから。陛下に参上できる旨、お伝えいただいてよろしいですか？」

「う、うむ」

渋々了承するお父さま。

こうして私とお父さまは、翌日には王城に参上することになったのだった。

5

翌日の午後。

王城、謁見の間にて。

「急に呼び出してすまないな、エインズワース卿」

玉座《ぎょくざ》に座る陛下の言葉に、一礼する。

「大丈夫です。父から『至急』と聞きましたので、急ぎ参上致しました」

「うむ。なんでも伯爵領から『飛んで』来たとか。ぜひ次の機会にその話を聞かせておくれ」

「承知致しました」

私の言葉に頷くと、陛下は本題を切り出した。

「さて。今回、卿に急ぎ来てもらったのは他でもない。実は『卿に会いたい』という客人がいるからなのだ」

「客人、ですか？」

「そうだ。実は我が国を訪れている隣国の使節団が――」

陛下が説明をされようとしたとき、横の扉が開き「失礼致します」と現れた兵士が敬礼した。

一瞥する陛下。

「来られたか？」

「はい。使節団の皆さまがお越しになりました！」

「通せ」

陛下の命で、扉の脇によけた兵士は「お通りください！」と敬礼した。

「失礼致します」

言葉とともに謁見の間に姿を現したのは、異国の軍服をまとった黒髪の青年だった。

グレアム兄さまと同じくらいの年代のその青年は、陛下に一礼し私たちに会釈すると、こちらにやって来る。

その後ろには、同じく黒髪の少年が続いていた。

どこかで見たことがあるその少年と、目が合う。

（ん？？？）

少年は目を見開くと――

「レティっ!!」

私に向かって一直線に走り寄ろうとする。

「あっ、こらっ！」

軍服の青年が叫ぶ。

が、少年は止まらない。

そのときだった。

「お待ちください」

私の前にお父さまが立ち、少年の進路を塞いだ。

父は彼に言い放つ。

「王子殿下。失礼ですが、正式な紹介も前に娘を愛称で呼ぶとは、些か礼を失しておられるのではありませんか？」

「うっ……」

たじたじとなる少年。

そこへ後ろから軍服の青年がやって来て——

ゴンッ！

「痛《い》ってえええっ!!」

ゲンコツで少年の頭を殴った。

左の方から、「っ！」と噴き出すような音が聞こえたのでそちらを見ると、陛下が顔に手を当て必死に笑いをこらえていた。

どうやら、外交問題にはならなさそうだ。


「オウルアイズ侯、令嬢。我が弟が大変失礼致しました」

紳士的に謝罪する青年。

そんな青年に、父は一礼する。

「恐縮です。王太子殿下。それでは正式にご紹介致します。——我が娘のレティシアです」

お父さまの紹介で一歩前に出た私は、カーテシーをした。

「ハイエルランド王国より伯爵位を預かっております、レティシア・エインズワースと申します」

私が顔を上げると、青年は背筋を伸ばして深々と立礼を返してくれた。

「エラリオン王国第一王子、ベルナルド・ユール・エラリオンと申します。……エインズワース卿。この度は愚弟の呪いを解いていただき、本当にありがとうございました」

「お役に立てて光栄です。ベルナルド殿下」

私の返事に、微笑を浮かべ頷くベルナルド王子。

彼は次に、隣の少年の背中を押した。

「っ……」

私の前に出た黒髪の少年は、一瞬戸惑ったあと、姿勢を正した。

「エラリオン王国第三王子、テオバルド・ユール・エラリオンです。……また会えて嬉しいです。エインズワース卿」

そんな彼に私は――

「私もよ。テオ」

にっこりと微笑んだのだった。

6

王城にて、半年ぶりの再会を果たした私とテオ。

聞けば彼は三日前、エラリオン王国の外交使節団の一員として、長兄の王太子ベルナルド殿下とともに王都入りしたということだった。

「それでは行ってまいりますね。お父さま」

「うっ……。ああ、気をつけて、な」

血の涙でも流しそうな顔で、私とテオを送り出すお父さま。

これから私は王家が用意した馬車で、テオをうちの工房に案内することになっていた。


なぜ、そんな話になったのか。

見学はもちろんテオの希望なのだけど、エラリオン王家からも特に『お願い』という形で陛下に要請があったらしい。

陛下によれば、先だってテオに送った魔導ライフル（三号試作相当）と飛行靴《フライング・ブーツ》に、テオのお父さま……つまりエラリオン国王が大いに驚いて、うちの魔導具に関心をよせているとのこと。

まあ要するに、商談が持ち上がっている訳だ。

先方としては更なる情報が欲しい。

具体的には、生産余力、サポート体制、今後改良によってどの程度まで性能が向上するのか。

そして、他に使えそうな魔導具はないか。

現在の到達点と、将来性を見極めたいということらしかった。

とはいえ、私が開発した技術の多くがハイエルランド王国の機密に該当してしまう。

見学程度で技術を盗まれることはないだろうけど、念のためということで、「まだ成人前であるテオにだけ、うちが許容できる範囲で見学させる」と、そんな条件で話がまとまったのだった。


こうしてテオを、うちの工房や領地に案内することになった私。

だけどそこで、一つだけ問題が起こった。

お父さまが『自分も同行する』と言い張ったのだ。

が、今や陛下の相談役となっているお父さまのこと。

陛下から「卿は外交協議に出てもらわねば困る」と言われ、泣く泣く同行を諦めたのだった。

「それじゃあ今日は、王都の工房と、先月オープンしたうちのお店を案内するね」

「ああ。よろしく頼むよ。レティ」

私の言葉に、嬉しそうな顔をするテオ。

そんなやりとりをして私たちが退室しようとしたとき、後ろから「ううっ……」と悲しげな声が聞こえてきた気がするのは、気のせいだろうか。

7

カランカラン
王都工房の扉を開けると、来客を知らせるベルが鳴り、

「────はい、いらっしゃいま…………お、お嬢さまっ！　ご無沙汰しております!!」

気持ちのいい挨拶とともに、かつてこの工房の事務を一人で切りまわしていた青年が奥から飛び出して来た。

「ふふっ。最後に会ってからまだ一ヶ月しか経ってないじゃないですか。ローランド工房長」

私が笑うと、ダンカンの跡を継いだ若き工房長は頭をかいて苦笑する。

「最近は新しく始めることが多くて、一ヶ月前のことでもずっと昔のように思えてしまうんですよ」

「たしかに。この半年で色々始めたものね」

先月の写真館の開店をはじめとして、王都工房では生活魔導具の改良を始めたり、魔導武具の生産を始めたり、写真館の一画を使った魔導具販売店の開店準備を始めたりと、新たな取り組みを始めていた。

「魔導具の改良は順調？」

「はいっ。みんな張り切っちゃって、なかなか話がまとまらないのが玉に瑕《きず》ですが……。でも、一度

決まるとそこからは速いです。来月には試作品をお見せできると思いますよ」

「それは楽しみね！　販売店の準備は？」

「先日やっと店舗の改装が始まりまして、今は新しい従業員に接客の教育を始めています」

「そっか。次のお店は既存の魔導具のお店とはがらっと雰囲気が変わるし、従業員教育にも時間がかかるわよね」

うん、うんと頷く私。

そのとき、後ろから何やら恨めしげな声が聞こえてきた。

「なあ、レティ。ひょっとして僕のこと忘れてないか？」

「ま、まさか！　そんなことないわ」

私は慌ててテオを振り返る。

……うん、ごめん。

実はちょっと忘れてた。

「さあ、それじゃあ、うちの自慢の工房を案内するわ！」

「わー、たのしみだな――」

そう言ったテオの笑顔が微妙に生温かったのは、たぶん気のせいに違いない。

うん。

8

一ヶ月ぶりに顔を見る王都工房の仲間たちに声をかけながら、テオを案内する。

（それにしても、人が増えたわね）

前回来たときも三人ほど新しい人が研修を受けていたけれど、今回はさらに人が増えて、元々の王都工房の倍くらいの人数になっているようだった。

「結構たくさん人がいるんだな」

「この半年で頑張って人を増やしたから。魔導ライフルはオウルアイズの本工房で量産を始めてるけど、その分、他の魔導具はできるだけこちらで作ることにしたの。本音を言えば、まだまだ人が足りないわ」

「この工房では何を作ってるんだ？」

「魔導剣と魔法剣、それに生活魔導具、かな」

「生活魔導具？」

「うん。ひねるとお湯や水が出てくる蛇口とか、薪を燃やさなくても火がでるコンロとか」

「そんなものまであるのかよ⁉」

「作ったのは、私のひいおじいさまだけどね。魔石の消費が激しすぎて一部の上級貴族や大商人にしか売れなかったものを、今、この工房で改良しようとしてるの」

要するに、省エネ設計に取り組んでいる。

私が知っている日本の省エネ技術の考え方をみんなに話して、そこから使えそうなアイデアを考えてもらっているのだ。

「そっか。君の一族は代々魔導具づくりを生業《なりわい》にしてきたって聞いてたけど、昔からそこまでのものを作ってたんだな」

「そうよ。売れたかどうかはともかくとして、うちの家門はいつも魔導具の新しい時代を切り拓いてきたわ。だからエインズワースの名は、私の誇りなの！」

私が胸を張ると、テオは「なるほどな」と笑って、なにやら眩しそうにこちらを見たのだった。

9

そうして王都工房を見学した私たち。

二階の会議室でローランド工房長への質疑応答の場を持った私たちは、再び馬車に乗り王都の中央広場に向かった。

「次はどこに行くんだっけ？」

「『写真館』よ」

向かいに座ったテオの質問に私が答えると、彼は「シャシン？」と首を傾げる。

「見た方が早いのだけど……。簡単に説明すると『写真』は風景や人の姿を記録して、薄い金属板に転写したものよ。写真館はその写真を撮影――記録したり、記録した画像の転写をしたりすることを請け負うお店ね」

「……うん。さっぱり分かんないな」

テオの返事に「だから言ったのに」とため息を吐く。

「まあ、見れば分かるわ。『百聞は一見にしかず』ってね」

「なんだそれ？」

「『見て驚きなさい』ってことよ」

私の言葉に噴き出すテオ。

「ふふっ。レティらしいな」

「どういう意味よ？」

「『期待してる』って意味だよ」

「もうっ」

そんな感じで私たちは、久しぶりに笑い合ったのだった。

10

馬車は工房街から商業街を通って中央広場へ。

そして広場に面した一軒のお店の前に停まった。

「レティ、手を」

先に馬車を降りて、次に降りる私に手を差し出す小さな紳士。

「ありがと。テオ」

気恥ずかしげに顔を赤くしてそんなことをする彼に、思わず笑みがもれてしまう。

歩道に降り立った私は、店の前まで歩いて行くと、今度は私がテオに自慢のお店を紹介した。

「さあ、これがうちの『写真館』よ」

建物を見上げたテオはひと言。

「宝石店？」

と呟いて首を傾げたのだった。


写真館の建物を見て、「宝石店？」と首を傾げたテオ。

実は彼の言葉は半分当たっている。

私たちが写真館を開店したこの建物は、少し前まで王党派貴族が所有する宝石店だった。

その家門は、自領で産出する金や宝石を使った宝飾細工の商会を保有していたのだけれど、王城襲撃事件に関わって爵位を剥奪されてしまった。

領地も返還することとなり、商会は解散。

生活するお金に困って、このお店を売りに出そうとしていたのだ。

中央広場に面した超優良物件。

なかなか良いお値段で売りに出そうとしていたのだけど、ヒューバート兄さまが交渉して賃貸契約としてうちが借りることができた。

売ればそのときはお金になるけれど、使いきればそれでおしまい。

今後も収入が見込める賃貸契約にすべきだと、ヒュー兄さまが先方を説得したのだった。

ちなみに店員や細工師を含めた従業員の人たちも、希望者はうちに移籍して働いてもらっている。

元々、高位貴族を相手にしていただけあって、店員さんたちの接客は完璧。

細工師さんたちには、その加工技術を活かして魔導具づくりに参加してもらいながら、オーダーメイドの宝飾細工の製作を続けてもらっている。

写真撮影と写真機《カメラ》の販売という、富裕層をターゲットにしたお店。

これまでにないジャンルのお店をスムーズに開店できたのは、彼らの尽力によるところも大きかった。

11

「うわっ……なんだこれ!?」

入口横のショーウィンドウ。

そこに飾られた大判の写真を見たテオは、初めて見るであろうそれに釘づけになった。

「それは王都サナキアの遠景ね。真ん中に写ってるのがちょっと前まで私たちがいたサナキア城。陸下に許可をいただいて、お店に飾らせてもらってるの」

「いや、そうじゃなくて！　これ、絵じゃないよな？　なんでこんなに本物っぽいんだ？？？」

「それがさっき言った『写真』よ。隣に飾ってある『写真機《カメラ》』という魔導具で撮影して、その画像を特殊な金属板に転写したものね」

「すごい……！　これもレティが作ったのか？」

興奮した顔で私を振り返るテオ。

「私と、私のお師匠さまの共同開発、かな。カメラと転写機は私が。転写用の金属板はお師匠さまが開発したの」

「へぇ……！」

感嘆の声をあげ、再び写真に見入る友好国の王子さま。

「さあ、中に入りましょう。中にもまだまだたくさん写真を飾ってるから」

私の言葉に、テオはコクコクと頷いたのだった。


お店の扉には、『本日の撮影受付は終了しました』というカードが掛かっていた。

（お客さん、増えてるのかな？）

そんなことを思いながら扉を押し開き、写真館に足を踏み入れる。

そんな私たちを待ち構えていたのは——

「かなり混んでるな」

テオが目を丸くして呟いた。

彼の言う通り。店の中は人でごった返していた。

恋人や夫婦らしき男女。

それに、子供連れの家族も何組か見える。

「今は一部改装中だし、写真の撮影には時間がかかるから混むのは分かるんだけど……これはちょっとひどいわね」

そのときだった。

「あ、お嬢さま！」

奥の方で接客をしていた女性が私に気づき、こちらにやってきた。

「リネット。すごい混み方じゃない。一体どうしたの？」

私の問いに、前のお店から移籍して今は店長代理を務めてくれているリネットが困ったような微笑を返す。

「実は少し前から、うちのお店が話題になっているみたいなんです。おかげさまで繁盛はしているんですが、こんな風に混雑してしまって……」

「そんな話初めて聞いたわ。前に来たときは、ここまでじゃなかったわよね？」

開店当初は『なんの店か分からない』ということでほとんどお客さんが来なかったはずだ。一ヶ月前に来たときも、それほど混んではいなかったはずだ。

「二週間ほど前からでしょうか。急にお客様が増え始めて……」

（ん？）

二週間前、というのがちょっと引っかかる。

（……まさかね）

私はその心当たりを、すぐに胸に仕舞い込んだ。

「このことをローランドは知っているの？」

ここの店長は、近い将来リネットに交代する前提で、今は名目だけローランドに兼任をお願いしている。

「はい。とりあえず店長と相談して、撮影はひと組一枚に制限をかけさせていただくようにしました。ですがそれからもお客様が増え続けてしまって……。一昨日《おととい》『お嬢さまに早急に相談しよう』という話をしたばかりなんです」

「あ……」

私は先ほど工房を出るときに、ローランド工房長から「ご相談したいことがあるのですが」と言われたことを思い出す。

テオを案内中だったので「あとでね」と断ったけれど、ひょっとしてあのときローランドはこの混雑のことを相談したかったんだろうか。

「なるほどね。確かにこれは放っておけないわ」

私はあらためて店の中を見まわした。

元々が宝石店であることを引き継いで、店内は余裕のあるレイアウトにしてある。

けれど、待合に置いたソファは満席。

一つしかないレジの前には列ができ、その連れと思《おぼ》しき人たちが店内にあふれ、展示されている写真や写真機、それに宝飾品を見て時間を潰している。

そんな有様だった。


私は店長代理を振り返った。

「ねえ、リネット。レジに並んでいるのは、皆さん撮影希望の人たち？」

「いえ、カメラの購入や、焼きつけ希望の方もおられると思います」

「撮影待ちの方は何組いらっしゃるか分かる？」

「先ほど確認したときには、一一組いらっしゃいました」

「そんなに!?」

それは人で溢れるはずだ。

一組の撮影にかかる時間は、平均二〇分ほど。

オプションの貸し衣装やアクセサリーを希望されるお客さまもいるので、準備時間を含めるとどうしてもそのくらいは掛かってしまう。

一時間当たり三組として、今待っている人たちを撮影するだけで四時間近くは必要ということだった。

私は懐中時計を取り出した。

時刻は一五時をまわったところ。

このままでは最後の組の撮影が終わるのは、一九時を過ぎてしまうだろう。

閉店時間は一七時だから、お店のみんなも残業確定だ。

「撮影の新規受付は打ち切ったのよね？」

「はい、三〇分ほど前に。……打ち切るのが少し遅かったですが」

後悔の色を浮かべるリネット。

私は彼女の手をとり、微笑んだ。

「良い決断よ。貴女とお店のみんなはよくやってるわ」

「レティシアお嬢さま……」

泣きそうな顔をする店長代理。

私は彼女の目を見て言った。

「とはいえこのままだとみんな残業確定だし、とりあえずこの状況をなんとかしましょう」

「なんとかできるでしょうか？」

「できるわ。……大丈夫。どうなったって私が責任をとるから。だから貴女たちは私に協力して」

「もちろんです！」

力強く返事をしたリネットに頷くと、私は私の友人を振り返った。

「そんな訳で、ごめんね。テオ。三〇分ほど時間をもらえるかしら？」

私の言葉に、テオは小さく噴き出した。

「君はいつも一生懸命だな。――――いいよ。こんな状況じゃゆっくり見学もできないし、せっかくだから僕も手伝おう」

そう言って上着を脱ぎ始めるテオ。

「待って！　使節である貴方に、お店の手伝いなんてさせられないわ」

私が慌てて止めに入ると、友好国の王子さまは、にやっと笑った。

「レティ。うちがどういう家か忘れてないか？　僕はこれでも商団の一員なんだぜ。力仕事から接客、交渉ごとまでなんでもやるさ。それに、君には借りがあるからな」

すまし顔でそんなことを言うテオ。

これはもう、何を言っても聞かなさそうだ。

私は小さくため息を吐くと、彼を見た。

「わかった。じゃあ手伝ってくれる？」

「ああ。なんでも言ってくれ」

自信満々でそう応えるテオに、私は「ありがと！」と言って微笑んだのだった。

12

「とはいえ、何から取り掛かろうかしら？」

私が考え込んでいるのを見たテオが、口を開く。

「とりあえず、あそこから手をつけようぜ」

そう言って指差した先は、レジだった。

「さっき話を聞いてて思ったんだけどさ。違うサービスの会計と受付を一つのレジでやるのは、ベテランでも混乱するもんなんだ。店員の数はいるんだから、サービスの内容でレジを分けた方がいいだろ」

「ああ、なるほど。たしかにそれなら撮影以外のお客さまをお待たせしなくてよくなるわね。――さすがテオ。大商団の関係者ね！」

私がにこっと笑うと、テオは、

「ま、まあな」

と言って頬をかいたのだった。


レジを分けた効果は、目に見える形で現れた。

列に並んでいたのは八人。

一人がカメラの購入、一人が宝飾品の相談、二人が焼きつけ希望で、残る四人は撮影の予約を希望していた。

カメラ購入と宝飾品相談の人には、それぞれの説明に長けた店員がショーケースの前で対応に当たり、焼きつけ希望の人にはレジを増やして対応。

この措置で、レジ列による圧迫感はかなり解消された。

「でも、お客さんが減った訳じゃないのよね」

「そりゃあ撮影待ちがこれだけいちゃあな」

テオの言う通りだった。

撮影にかかる時間が短縮された訳ではないので、撮影待ちの人たちは相変わらず店内に滞留している。

撮影以外の処理速度が上がっているので顧客を待たせる時間は減ったけれど、店内の人の多さはそこまで変わっていないように見えた。

「これが限界でしょうか」

困り顔のリネット。

「後はもう、扉に『クローズ』の札をかけるくらいしかないかな」

首をすくめるテオ。

私は混雑する店内を見てしばし考えると、やがて口を開いた。

「――よし。お客さまに帰ってもらいましょう」

「「えっ?!?!」」

私の言葉に、テオとリネットはギョッとした顔でこちらを見たのだった。


――お客さまに帰ってもらう。

私の発言は、その言葉だけ聞くとエキセントリックに聞こえるかもしれない。

けれどこれは、考えに考えた上で私が出した、現実に即した解決策だ。

今日はまだ、あと一一組の撮影が控えている。

全ての撮影が終わるのは四時間後。

従業員みんなが残業になってしまう。

逆に言えば、今ここで待っているお客さまの中で最後の組の人は、まだ三時間以上このまま待たないといけない、ということだ。

お店にとっても、お客さまにとっても望ましくない状況。

利害が一致しているなら、妥協案を出すことで折り合いがつけられる可能性がある。

私が考えたのは、つまりそういうことだった。

「撮影待ちのお客さまに声をかけて、『明日以降の予約に振り替えてくださった方には、無料で一枚撮影ポーズを増やして差し上げる』と提案してみるのはどうかしら？」

「「なるほど!!」」

私の言葉に、大袈裟に反応するテオとリネット。

「それは名案ですね！　お店にとってのデメリットはほぼないですし、お客さまも撮影日を振り替え易くなると思いますっ!!」

「嫌なら振り替えなきゃ良い訳だし、提案する価値はあるな」

リネットはすごいテンションで反応し、テオはうんうんと頷いてくれた。

「それじゃあ早速、声をかけてみましょう」

そうして私たちは、手分けしてお客さんに声をかけてまわったのだった。


――三〇分後。


あれだけ混雑していた店内は人が半分ほどになり、落ち着いた空気が漂っていた。

「なんとかなったわね」

傍らのテオにそう声をかけると、彼は目を細めて私を見た。

「やっぱりレティはすごいな」

「え？」

「魔導具づくりだけじゃなく、商才もあるなんて」

「それは大げさすぎるわよ」

そう言って私が笑うと、テオはふうとため息を吐いた。

「いや、あそこで交渉に持ち込むのは、本当は僕が提案しなきゃならなかった。諦めた時点で、商人失格だ」

そう言って自嘲気味に笑うテオ。

そんな彼に、私は言った。

「あなただってレジを分ける案を出してくれたじゃない。テオのあれがあったから、私もその次を考えられたのよ。だから『一緒に頑張った』ってことでいいじゃない。ね？」

私の言葉にテオは一瞬きょとんとすると、やがてふっと笑った。

「そうだな。レティの言う通りだ」

「でしょ？」

「ああ」

頷くテオ。

私は明るさが戻った彼に言った。

「さて。それじゃあ店内も落ち着いたし、展示しているカメラと写真について、説明してあげましょうか！」

「そうだな。ぜひ、よろしく頼む」

そうして私は、テオに店の中を案内したのだった。

13

ひと通り店内とスタジオを見学した私たち。

その中でテオが興味を持ったのはやはりカメラだった。

「これ、どういう仕組みなんだ？」

あまりに興味しんしんだったので、展示品を少しだけ分解して説明することにした。

「構造自体は割とシンプルよ。記録用の小型魔石が真ん中にあって、ボタンを押すとレンズの前にあるシャッターが一瞬だけ開いてその先の景色が魔石に記録されるの」

「魔石に風景が記録できるなんて、聞いたことないぞ」

「そこがうちの発見と発明よ。簡単には真似できないことを色々とやっているわ」

実のところ、カメラの構造自体は地球のカメラとほとんど変わらない。

違うのは、記録用に特殊な方法で精緻に安定化させた小型魔石を使っていること。

シャッターを切った瞬間、動力源の魔石から高圧の魔力が記録用魔石に照射されること。

そして、一つの記録用魔石には六四枚の写真を保存できるのだけれど、その数だけ照射魔力の波長を変化させていること。

そんなところだろう。

ちなみにカメラの内側にはスライム樹脂が貼り付けてあって、外部とは魔力的に絶縁されている。

外観は、一九世紀末から二〇世紀初頭の箱型カメラとほぼ同じような形になっていた。


「このカメラって、僕も買えるのか？」

「市販しているものだからもちろん構わないけど……撮った写真を焼きつけするには、記録用の魔石をこの店まで送ってもらう必要があるわよ？」

「それはちょっと大変だな」

「大変よね」

「でも、一台買うよ。それで、うちの国にも早く支店を出してくれればいい」

「またそんな無茶を……」

「無茶じゃないさ。うちの国が魔導ライフルを購入するようになったら、メンテナンスのために出店してもらわなきゃ困るんだ。遅かれ早かれそうなるさ」

「むう……」

テオの言葉ももっともではある。

ただ実際のところ、流通の事情が改善しなければ出店は難しい。

友好国とはいえ外国でうちの魔導具を作るのは、さすがに避けたいからだ。

「出店の件は考えておくわ。――それで、カメラは今日持って帰る？」

「ああ。馬車に積んでもらおうかな」

「分かった。準備させるからちょっと待っててね」

――と、そんな訳で、王都市民の世帯年収一年分もするカメラが一台、売れたのだった。

14

そんなこんなで時間が経ってしまい、私たちがお店を出るときには、すでに中央広場は夕焼けの色に染まり始めていた。

「うおっ、なんだこりゃ!?」

先に表に出たテオが驚きの声をあげる。

「？」

不思議に思いながらテオに続いて外に出た私は、その理由を理解した。

「……すごい人ね」

二人して茫然と立ち尽くす。

私たちの前には、何十人……いや、一〇〇を超える数の人々がざわめいていた。

「なんだ？　祭りか何かあるのか？？？」

「さあ……。この時機に行われる行事って、何かあったかしら」

「じゃあ、事故とか？」

「そんな感じでもないけど……」

そこまで言って、私は気づいた。

集まった人々が、一様にある方向をちらちら見ていることに。

そしてその視線の先にあるものは――

「テオ、行きましょう」

そう言って彼の手を引く。

「え、どうしたんだレティ？」

「い、いいから、早く馬車に乗りましょ」

私はさらにぐい、と彼の腕を引っ張り、広場にある停車場に向かおうとする。

そのときだった。

ゴーン、ゴーン、ゴーン……

時計塔の鐘が鳴り、午後五時を知らせる。

そして、鐘が鳴り終わるのとほぼ同時に、あたりにオーケストラによる音楽が流れた。

「「おおっ……!!」」

周囲の人々がどよめき、私は反射的に写真館のショーウィンドウを振り返った。

ショーウィンドウの内側に貼られた真っ白なスクリーン。

そこには、空を飛び、草原を越えてゆく映像が映し出されていた。

それはまるで、地球の映画のように。

「レティっ、あれっ!!」

テオが叫び、私たちは完全に足を止めてしまった。

スクリーンに映し出された映像は、草原を飛び越え、やがてある丘に近づいてゆく。

その丘の上には、カメラに背中を向けた、一人の少女。

カメラは少女にフォーカスして止まる。

そこで彼女はくるりと振り返り、恥ずかしげにはにかみながら、こう言った。

「みなさんこんにちは。レティシア・エインズワースですっ！」

（いやぁあああっっ！！！！）

私は声にならない悲鳴をあげた。

15

私はあまりの恥ずかしさに、羽織っていたポンチョで頭を隠す。

けれどその間も動画は容赦なく流れ続け、映像の中の私は精いっぱいの愛嬌《あいきょう》を振りまいていた。

『今、エインズワース魔導具工房では、私たちと一緒に魔導具を作ってくださる方を、大、大、大募集中です！』

『やる気があれば、年齢、経験、性別は一切不問。初心者の方も、ベテランの職人が優しく丁寧に一から仕事を教えます』

『勤務地は、オウルアイズ侯爵領、またはエインズワース伯爵領で、希望される方は食事つきの従業員専用寮に入っていただくこともできます』

『詳しくは、工房街のエインズワース魔導具工房まで！』

『私たちと一緒に、魔導具で未来をつくりましょう！　たくさんの応募、待ってます!!』

スクリーンの中の私は笑顔で手を振り、そこで映像は終わった。

次の瞬間——

「「おおおお——!!!!」」

あたりに響き渡る歓声と拍手。

わざわざうちのCMを見に来たと思しき人々は、興奮した様子で今の動画について語り合っていた。

「いやあ、すごかったな！」

「学園で噂になってるから見に来たけど、予想をはるかに越えてたよ」

「あの空を飛んでるところとか、どうやったのかしら？」

「こないだの事件のとき、レティシア様が空を飛んだって話もあったから、それと同じじゃないかしら」

——残念。

空撮はカメラを吊り下げたココとメルを、私が自分の方に誘導しながら撮りました。

「いやしかし、本当に素晴らしいな！」

「ああ、どんな技術なのか想像もつかないよ」

「違《ちげ》えよ。レティシア嬢だよ！　新聞に絵が載ったことがあったけど、こうして観ると絵なんかよりよっぽど可愛いじゃんか」

——はい⁉

「うん、まあ分からないではない、かな」

「私、レティシア様のファンなのよね。他にも好きな子いっぱいいるし、ファンクラブ作ろうかしら」

「あ、じゃあ私も入る！」

「俺も入るぜ」

「あ、じゃあ僕も」

「特別会員として、妹さんを溺愛してるヒューバート君を誘って……」

「それグッドアイデア！　早速、会員証を作りましょう!!」

――ええええええええ!?

なんか、とんでもないことになってるんですけど!?

しかも、ヒュー兄さまを巻き込んで!!


私が頭からポンチョを被ったまま恐れおののいていると、傍らのテオが、ポン、と肩を叩いた。

「人気者だな、レティ」

「もう、人ごとだと思って！」

「特別会員が君の兄貴なら、俺は名誉会員になるよ」

「はい？」

「だから、さっきのやつ、俺にもくれないか？」

「絶っっ対に、あげないっ!!」

私はテオにそう言い放つと、ぷりぷり怒って、馬車に向かう。

あの求人CMは、お父さまに頼み込まれて、仕方なく作った動画だ。

写真のポスターだけでは十分な人が集まらなかったので、ゴドウィン師匠と協力して、音声と同期して画像を連写投影できる映写機をなんとか開発したのだ。

そして、これまたお父さまやアンナ、お兄さまたちの強い要望で、私が自分で出演する求人CMを作ったのだった。

――不本意な出演で恥ずかしい思いをしてるのに、茶化すなんてひどい!!

「えっ、ちょっと、待ってよレティ!」

後ろから慌てて追いかけてくるテオ。

「もう今日は、口をきいてあげないっ!!」

私は振り返ってそう叫ぶと、さっさと馬車に乗り込んだのだった。

16

翌日、その翌日、さらにその翌日と、テオは使節団の視察と行事があり、私と顔を合わせることがなかった。

ただ、直筆のお詫びの手紙が連日にわたって届き、彼が真摯に反省しているのは伝わってきた。


そして四日目。

オウルアイズ領への見学のため、合流して王都を出発する日。

出かける準備を終えた私は、机の上に置いてあったプレゼントボックスを手に取った。

「そのプレゼントは、どなたに渡されるのですか?」

包装が得意な使用人に頼んで包んでもらったプレゼントボックス。

箱を手にした私に、アンナが尋ねてきた。

ちなみに彼女は昨日こちらに着いたのだけれど、馬車で五日かかる道のりを馬で二日も短縮して私を追いかけてきていた。

相変わらず、愛が重い。

それはともかく、私はアンナを振り返り彼女の問いに答えることにする。

「テオに渡そうと思って」

そう言った瞬間、顔を顰め露骨に嫌そうな顔をする私の侍女。

「あれにそこまでしなくても……。お嬢さまがわざわざこちらに出向かれただけでも十分感謝するべきでしょうに」

アンナのテオ嫌いは相変わらずだ。

私は手元の箱に視線を落とした。

「まあちょっと……。仲直りのしるし、かな」

思えばあの日、テオは自ら進んでお店の混雑対応を買って出てくれた。

一国の王子さまが、使節というお客さまの立場で、だ。

あのときは『茶化された』と思ったけれど、思い返してみるとそういう意図はなかったのかもしれない。

それなら、なんであんなことを言ったのか。

そこはよく分からないけれど。

ともかく、テオはあれから毎日手紙で謝ってくれたし、私も本領への道中、彼と気まずいまま過ごしたくなかった。

そこで仲直りのしるしに、お手製の実用的な魔導具を贈ることにしたのだ。

「それじゃあ、行きましょうか」

「はいっ、お嬢さま」

そう言って、アンナと二人、自室を出たときだった。

「お嬢さまっ」

後ろから声をかけられた。

振り返ると、執事のブランドンが何やら慌てた様子でこちらに歩いてくる。

彼は私たちのところまで来ると、何やらメモらしき紙を私に差し出した。

「お呼び止めして申し訳ありません、お嬢さま。今し方、伯爵領より緊急の魔導通信が参りましたので、ご確認いただきたく」

「緊急？」

突然のことに戸惑いながらメモを受け取り、内容を確認する。

『緊急
長雨ニヨリ南部河川増水
エルダ川氾濫間近

南部全域ニ警報ヲ発ス
指示乞ウ　　　　　ソフィア』

✶⋆第9章　長雨、そして雨あがりの空⋆✶

1

執事のブランドンから渡された緊急信。

そのメモを持つ手が震えた。

「まさか、エルダ川が危険水位を超えたの？　貯水池の工事はまだ途中なのに……！」

動揺する私に、ブランドンが片ひざをつき、私に目線を合わせて静かに語りかけた。

「お嬢さま。ソフィア様はすでに警報を出されたとのこと。現地での一次対応はすでに始まっていることでしょう。――実は私がそのメモを受け取ったとき、通信機は更なる通信を受信中でした。まずは第二報を確認されてみてはいかがでしょうか」

「……そうね。動揺してる場合じゃないわね。通信室に行きましょう！」

「はい」

私の言葉に、微笑む老執事。

こうして私たちは、うちの屋敷の端に設置した通信室へと向かったのだった。

「お嬢様！」

私が通信室の扉を開けると、通信担当の女性兵士二人の内、一人が私を振り返った。

尚、もう一人はヘッドフォンをして魔導通信機に向き合っている。

「こちらが第二報となります」

担当官が差し出したメモを受け取り、確認する。

『エルダ川流域ニ避難勧告ヲ発ス』

その報告を見た私は首を振った。

「これじゃあ足りないわ。すぐに返信して。――――『エルダ川から二km以内の全ての村に避難命令を発令。すぐに避難しなさい』!」

「承知しました!」

敬礼した担当官は通信士に指示し、すぐさま私の指示がソフィアに伝えられたのだった。

2

「それじゃあブランドン、あとをお願い!」

裏の庭園に出た私は、うちの執事を振り返った。

「承知致しました。あとのことはお任せください」

テオ宛てのプレゼントの箱を小脇に抱え、恭《うやうや》しく頭を下げるブランドン。

――あの後。

私は王城に魔信を送った。

使節団との会議に臨んでいるお父さまと陛下には、状況の説明を。

そしてテオには、予定を違《たが》えざるを得ないお詫びを。

そう。私とアンナはこれから、全速力でココメルに帰還する。

「アンナ。準備はいい？」

「はいっ、お嬢さまっ！」

私は頷いた彼女に——いや、正確にはアンナが腰に引っ掛けている、オレンジ色のテディベアに向かって魔力を供給し始めた。

そのクマの名前は、レン。

昨日アンナにプレゼントした、彼女のサポート役の男の子だ。

「レン、『飛行補助《フォルレ・エディーオ》』！」

アンナがそう叫んだ瞬間、レンの両手が光を放ち、『気層生成《ディア・フラーマ》』と『恒温維持《キプト・テンプリース》』、それにもう一つの魔法が同時発動する。

——どうせ複数の魔法を発動するのなら、魔導回路は一つにしてしまおう。

そう考えて、彼女用のサポートベアを作るときに、ワンフレーズで複数の魔法が発動するように設計した。

ちなみにこのサポートベア、今のところ三体できあがっていて、その内二体はアンナとお父さまに昨日手渡した。

そして最後の一つは、今ブランドンが抱えているプレゼントボックスの中に入っている。

つまり、テオへの仲直りのプレゼントだ。

「それじゃあ、行って来ます！」

「お嬢さま、どうかお気をつけて！」

叫んだブランドンに頷くと、私とアンナは王都の空に舞い上がった。


「すごい！　お嬢さま、すごいですっ!!」

一気に高高度まで上昇し、西に向け高速巡航に入ると、アンナが感嘆の声をあげた。

足もとの遥か下にある街が、みるみる後方に遠ざかってゆく。

「気分はどう？　急加速で『引っ張った』けど気持ち悪くない？」

「大丈夫ですっ！　むしろ気持ちよかったです!!」

「そ、そう。それは良かったわ」

目を輝かせるアンナに、やや引きながら答える。

彼女は乗馬も上手いし、馬車に乗っても酔ったりしない。

(三半規管が発達してるのかしら？)

そんなことを思ってしまう。

さっきレンが起動した三つ目の魔法。それは『追従《トラヘリオル》』という私が開発した魔法だった。

効果は名前の通り。『魔力供給先に、一定の距離を保ってくっついてゆく』。そんな魔法だ。

今私たちは、見えない魔法のロープで互いの体をつないで飛んでいる……そんな状態にあった。

「ココメルまでどのくらいでしょうか？」

「多分、二時間くらいだと思う」

今私は、先日王都に向かったときより二段階くらいギヤを上げて飛んでいる。

あのときは夕暮れどきで薄暗くて位置も確認できなかったから慎重に飛んだけれど、日中の今なら地上の街や村を確認しながら思いきって飛ぶことができる。

「馬で三日かかった道のりを数時間で行けるなんて――やっぱりお嬢さまはすごいです！」

アンナの言葉に照れくさくなった私は、顔を逸らし「ありがと」と呟いたのだった。

3

飛行中、伯爵領に近づくにつれて空はどんどん暗くなっていった。

白かった雲の色は灰色となり、やがて黒になる。

そうして私とアンナがココメルの屋敷にたどり着いた頃には、完全に雨天となっていた。

「――お嬢さま！」

屋敷に戻ってきた私たちが一階の端に設置した危機管理室に入ると、ロレッタが声をあげた。

その声に、会議机の上に広げた地図をのぞきこんでいた皆がこちらを振り返る。

領兵隊長のライオネル、王国派遣軍のバージル老司令、各隊の小隊長、それに私の補佐官だ。

ソフィアが姿勢を正した。

「おかえりなさいませ、お嬢さま。急な連絡を入れてしまい申し訳ありません」

「構わないわ。むしろすぐに連絡してくれて助かった。それで、今どういう状況?」

私の問いにソフィアは頷き「こちらをご覧ください」と指示棒で地図を指した。

「今から三時間前、エルダ川のシズミ村付近に設置した水位計『EL8』から、レベル2の信号を受信しました。その後、上流と下流の水位計『EL7・9』もレベル2に。そして一〇分前から『EL8』がレベル3の信号を出し始めています」

「レベル3……『計測限界水位』ね。ということは、エルダ川の水位が分岐点を越えて『予備水路』に水が流れ始めたということよね」

私は二ヶ月前に開発した魔導具の仕様と、治水工事の計画図を思い出しながら言った。

魔導水位計は、川の水位をレベル0から3の四段階で計測できるようになっている。レベル2以上になると特定の波長の魔力波を断続的に発信するように作ってあった。

そして『予備水路』というのは、貯水池に水を逃がすための誘導路だ。


「避難状況は?」

私の問いに、今度は領兵隊長のライオネルが答える。

「拠点のあるサウストンの街から各村に、避難命令を持った早馬を走らせてる。シズミ村にも一時間前には到着しているはずだ」

「つまり、あとは現地で確認するほかない訳ね」

「ああ。魔導通信機が配備されてるのは、まだ領内で三か所だけだからな」

オウルアイズの本工房で量産を始めている魔導通信機。

王城襲撃事件の証拠品を元に私が改良再設計したそれは、月産一〇台ほどのペースで量産されているけれど、まだまだ需要に供給が追いついていない。

陛下との取り決めで、生産数の七割を国に納め、三割をうちの家門がもらえることになっているけれど、現状はやっと王都、本領、新領、伯爵領で数台ずつ確保できたというところだった。

「最終的には、各村に一台は必要ね」

私はため息を吐くと、顔を上げた。

「分かった。シズミ村に行ってくるわ」

「「!!」」

全員がぎょっとした顔で私を見る。

「お嬢、それは――――」

「止めても無駄よ、ライオネル。これが私の生き方なの」

竜操士に襲われたときに誓ったのだ。

『私は絶対に大切な人たちを喪わない』

ほぼ全員が絶句する中、いつも通りの侍女がひとり。

「お供しますね、お嬢さま」

私は苦笑してアンナに頷くと、皆に言った。

「それじゃあ行ってくるわ」

「お嬢さま」

「？」

視線を向けると、ソフィアがまっすぐ私を見ていた。

「あとのことはお任せください」

そんな彼女に、私は笑顔で頷く。

「みんなを信じてるわ」

皆がザッと姿勢を正した。

「さあ、行くわよアンナ」

「はいっ！」

部屋を出る。

と、背後からソフィアの声が聞こえてきた。

「さあ、皆さん。私たちは私たちの仕事をしましょう」

「「おうっ！！！！」」

男たちの力強い声が廊下に響いてきたのだった。

4

嵐の中、アンナと二人シズミ村を目指して飛ぶ。

「あれってミルトの村よね?」

「たぶんそうだと思いますが……」

私の問いに、目を凝らすアンナ。

「──あ、やっぱりそうです！　集会所のとんがり屋根が見えました」

「よかった。村の人たちが危険にさらされてるときに、こんなところで迷子になってる訳にはいかないわ」

『気層生成《ディア・フラーマ》』のおかげで風雨は凌げているけれど、視界の悪さはどうしようもない。

とにかく、方向は合っている。

私は一度落としていたスピードを再び上げ、一路シズミ村に向かったのだった。


「おお、レティシア様っ!!」

貯水池を掘るときに出た土砂で築いた、シズミ村の隣のボタ山。そこは洪水の時に村の人たちが避難できるようにと作った高台だった。

避難所の前に降り立つと、私に気づいた村長さんたちが駆け寄ってきた。

「みんな、無事!?」

「はい。村の者は皆避難しました。ですが予備水路の一部が決壊しかかっていることが分かり、先ほど兵士の皆さんと男衆が土嚢《どのう》を積みに出かけたところです」

「なんですって⁉」

思わず聞き返す。

私の剣幕に驚く村の人たち。

「な、なにかまずかったでしょうか？」

尋ねる村長に、私は説明する。

「この嵐の中での復旧作業は危険すぎるわ。まだまだ川の水位は上がるでしょうし、他の場所が決壊する可能性だってある。水に流されでもしたら命に関わるわ」

「「ええっっ？？？」」

狼狽《うろた》える村長たち。

――失敗した。皆に土嚢の作り方を教えたのは私だ。

麻袋に土を詰めて積み上げ、即席の壁を作ることができる土嚢。

足元から浸水する水を防いだり、銃弾を防いだりするのに使われるその土袋のことを防災知識として教えたのは、少しでも浸水時の被害を抑えたいという思いからだった。

確かに堤防の応急修復の方法としては間違っていない。

だけどそれは、作業場所周辺の安全が確保されていればの話。

今みたいに嵐の中作業するのは、あまりに危険過ぎる。

私は即断した。

「みんなを撤収させてくる」

「「えっ？・？・？・」」

私の言葉に、目を丸くする村人たち。

「アンナ、ここの人たちをお願い」

「私もお嬢さまと一緒に――――」

「ダメよ」

私は彼女の言葉を遮った。

「お嬢さまぁ……」

泣きそうな顔をする侍女。

私は彼女の両手を引き、顔を寄せる。

「この先何があるか分からないの。もしものとき、あなたまで守りきれる自信がないわ。それにここに残ってみんなのことを見てくれる人も必要なの。もし何かあったら位置標識《ビーコン》を起動して。すぐに戻るから」

「っ……わかりましたぁ」

アンナは涙目で私を抱きしめると、その腕を離しすっと後ろに下がった。

「どうかお気をつけて!!」

「うんっ。みんなもね!!」

私は頷くと、エルダ川の堤防に向けて飛び立った。

5

「レティシア様！　なんでここに？？？」

宙に浮かぶ私を見て驚く小隊長に、降下しながら叫ぶ。

「ヘイデン、撤収よ！　このままだとみんな水に流されるわ!!」

私が予備水路の堤防に降り立ったとき、堤防はすでに一部が決壊し水が農地に広がりつつあった。

雨でぬかるんだ畑に、川の水が流れ込んでゆく。

そんな中、必死に土嚢を積んで堤防の復旧作業を続ける兵士と村の男たち。

浸水した水はすでに、彼らのすねのあたりにまで達していた。

「撤収ですか……。あと一歩なのですが」

嵐の中奮闘する部下と村人たちに目をやり、躊躇するヘイデン。

彼の言う通り、あと少し頑張れば決壊箇所をふさぐことができるだろう。

ただ、

「ヘイデン、あれを見て」

私が指差す方に目をやる小隊長。

「あれは……」

彼は言葉を失った。

私が指差したのは、エルダ川の本流。

轟々と音を立てて流れる大量の水は、すでに堤防の九割の高さにまでその水位を上げていた。

「穴を塞いでも水が溢れたらどうしようもないわ。それにもし、本流の堤防が決壊でもしたら――」

「命に関わりますね。承知しました。直ちに撤収に掛かります！　――おおい！　撤収だ!!　すぐに作業を中止しろ!!　撤収するぞ！！！！」

ヘイデンの号令を『意味が分からない』という顔で見上げる男たち。

私は飛行靴に魔力を込めると、堤防の下で立ち尽くす彼らのところに降りていった。


「お、お嬢様!?」

叫んだ村の若者に頷くと、私は彼らに呼びかけた。

「エルダ川の本流が氾濫しそうなの！　ここを塞いでも他の場所が崩れたらおしまいだわ。危ないからすぐに避難して!!」

「「っ!!」」

躊躇い、顔を見合わせる男たち。

真っ先に反応したのは、領兵隊の兵士たちだった。

「撤収だ！　撤収するぞ!!」

「「おうっ!!」」

担いでいた土嚢をその場に下ろす兵士たち。

それを見た村の男たちも、慌てて土嚢を投げ棄てる。

「急いで！　時間がないわ!!」

「「「はいっ！！！！」」」

そのときだった。

堤防の上から、ヘイデンが叫び声とともにすべり降りてきたのは。

「みんな逃げろっ!!　上流が決壊した!!　各自全力で走れぇえええっっ！！！！」

6

ヘイデンの絶叫。

その叫び声に、一瞬頭が真っ白になる。

一番恐れていたことが起こってしまった。

このままでは、彼らは――

「みんな、走りなさいっ!!　早くっ!!　後ろを振り返らないでっ！！！！」

私の声に、慌てて走り出す男たち。

さらにヘイデンを振り返る。

「貴方も逃げなさい！」

「しかし、お嬢様は？？？」

「殿《しんがり》は私が務めるわ。私が逃げられるように、早く、貴方も走って!!」

「は、はいっ!!」

雨と風の中、バシャバシャと水しぶきを立てて走る男たち。

水に足を取られ、思うように走れていない。

これでは、避難所にたどり着くまで時間がかかってしまう。

「水はどこまで来てるの？」

私が状況を確認するため、高度をとり始めたときだった。

　ゴォオオオ
空気を震わせる水の音。

そして――

「水が来たぞおおおお！！！！」

その光景を見た兵士が絶叫した。

屈曲した予備水路の堤防の陰から飛び出してきた大量の水。

津波のような濁流が、浸水防止用の木々にぶつかり、ザンと飛沫《しぶき》を散らしながら近づいてくる。

「走れぇえええぇ！！！！」

誰かが叫んだ。

だめっ、間に合わない！！！！

私は咄嗟に降下し、最後尾を走るエイデンの後ろに降り立った。

発動している『飛行補助《フオルレ・エディーオ》』のおかげで水たまりは私を避けるけれど、ぬかるんだ地面は関係ない。

そのまま靴の半分ほどまでめり込んでしまう。

　ゴォオオオオオオオ!!

目の前に迫る大水。

私は押し寄せる波に、手をかざして叫んだ。

「ココっ！　メルっ!!　『部分防御《パルト・ディフエンシア》』!!」

　ブゥン！

「「了解っ!!」」

私の前に飛び出したくまたちが叫び、その手に浮かんだ四つの魔法陣とともに、はるか前方に虹色の防御膜が展開される。

「っ――――!!」

全身から吸い取られる魔力。

その勢いに体がついていかず、魔力酔い特有の眩暈を覚える。

だけどここで倒れる訳にはいかない。

「はあああああっっ！！！！」

押し寄せる濁流に向け防御膜を目いっぱいまで横方向に広げ、そのエネルギーを受け止める。

バッシャ――ンッ!!

空気と大地を揺るがす衝撃とともに大水が防御膜にぶつかり、高さ十数mまで水飛沫が飛び散った。

「お嬢さまっ!?」

背後からエイデンの声が聞こえる。

「いいから逃げなさい!! ――っ、長くはもたないからっ」

「申し訳ありませんっ!!」

バシャバシャと遠ざかる水音。

そうしているうちにも、水はどんどん流れてきて、左右に広がってゆく。

「くっ!」

防御膜を左右にさらに広げる。

が、追いつかない。

水が障壁を迂回するように流れ始める。

(このままじゃ、まずい!!)

私は障壁の角度を変え、右側を奥へ。左側を手前に動かし、下流である左側に水を逃がす。

ゴウッという地響きとともに、押しとどめられていた水が下流側に向かって勢いよく流れてゆく。

「うっ……」

強烈な吐き気が襲う。

長大な防御膜《シールド》を動かしたせいで、体内の魔力の巡りがさらに悪くなった。
波のように襲ってくる激しい眩暈。
ココとメルに送る魔力が安定しない。
二人に魔力を送っている右腕が、ブルブルと痙攣する。
パチッ！
「っ‼」
腕に紫電が走った。
ピリッ、ピリッと、体のあちこちに刺すような痛みが走り始める。
「くぅっ……‼」
この痛みには覚えがある。
これは、テオを襲った蜘蛛の攻撃と同じ痛み。
私の中を循環していた膨大な魔力が、暴走を始めていた。
――バチッ‼
「あぁっ‼」
上半身を貫く電撃に、思わず悲鳴をあげる。
本当なら自分に『魔力安定化《クエスキオ・マギーア》』を使うべき状況。
だけどココとメルが全力で『部分防御《パルト・ディフェンシア》』を発動しているため、使えない。
パチッ――パチパチッ！

「あぐぅっ!!」
体のあちこちに激痛が走る。
魔力が乱れる。
防御膜が、揺らぐ。
（……お願い。もう少しだけ……もう少しだけもって――！）
心の中で叫ぶ。
しかし――
バチッ！　バチチッ!!
バチバチバチバチバチバチバチバチバチッ！！！！
「ああああああああああああああ――っっ！！！！」
私は絶叫した。
全身を貫く雷撃の嵐。
体がバラバラになるような激痛。
私の魔力があたりに撒き散らされ――――防御膜が、霧散した。
ゴォオオオオッ！！！
押し寄せる洪水。
全身が痺れ、その場に崩れ落ちる。
視界が、歪む。

みんな、ごめん……。

頑張ったけど、ここが限界みたいだよ――

父と母の顔が、兄たちの顔が、アンナの顔が、脳裏をよぎる。

そして、ちゃんと謝れなかった男の子の顔も。

意識が遠のく。


そのときだった。


「レティィイイイ――――っ！！！」

聞き覚えのある声が聞こえた気がした。

「――？」

ぐいっ、と抱きかかえられる私の体。

「こなくそぉおおおっっ！！！」

耳元で聞こえる叫び声。

ザパンッと水が砕ける音。

その瞬間、わずかな水しぶきとともに、体が宙に浮き上がった。

そのまま、誰かに抱えられたまま、空を飛んだ。

「はあっ、はあっ――」

誰かが息を切らせる音。

視界がかすんで、よく見えない。

「レティっ！　大丈夫か？？？」

「……だれ？」

霞む視界。

止まらない吐き気。

間近にあるはずの顔が、見えない。

「っ……目が、見えないのか!?」

「魔力酔いが……」

「魔力酔い!?　…………そうか。ひょっとして……」

そう言った誰かは、私を抱える腕をずらし、私の左手を握った。

痺れた指先に感じる、温かい手。

その手から、相手の魔力が流れ込んできた。

「…………」

覚えのある、温かい魔力。

その魔力が私の中の魔力の乱れを整えてゆく。

「……はぁ」

しばらくそうしていると、吐き気がだんだん治まってきた。

視界が晴れる。

「…………テオ？」

目の前に、見覚えのある男の子の顔があった。

「レティ……よかったぁ……」

テオはほっとしたように息を吐いた。

「あなたが助けてくれたの？」

「……めちゃくちゃ危なかったけどな」

困ったような笑みを向ける少年。

「そっか……。ありがとう、テオ。あなたが来てくれなかったら、たぶん私死んでたわ」

痺れが引いてきた腕を彼の首にまわして掴まると、

「いいさ。僕も君に助けてもらったし。これでおあいこだ」

テオはそう言って視線をそらした。

なぜか顔が赤い。

「と、とにかく無事でよかった！　王都から全力ですっとんできた甲斐があったよ」

「そういえば、なんで私がここにいるって分かったの？」

私の言葉に一瞬テオはきょとんとした顔をすると、苦笑した。

「なんでもなにも、君がくれたクマ……『アベル』を起動したら、君がいる方向にクマのマークがピ

コンピコン浮かんでたぜ？」

「クマのマークって……ひょっとして私の位置標識《ビーコン》？？？　でも私、ビーコンを起動した覚えがない」

おかしい。

確かにクマのマークは私のビーコンだ。

どういうことだろう？


「「はーい」」

私たちの周りを飛んでいた、ココとメルが手を挙げた。

「ココ？　メル？？？」

私が驚いて問うと、クマたちは胸を張った。

「ファインプレーだったただろ？　俺が起動したんだぜ」

パタパタと手を振るココ。

「私が『念のため起動しときましょ』って言ったんじゃない」

じとっとした目でココを見るメル。

「はいはい。二人ともありがと！」

私が二人にそう言うと、

「「どういたしまして（だぜ）！」」

ココとメルはそろって手を挙げた。

私とクマたちがそんなやりとりをしていたときだった。

「なあ、レティ」

「ん?」

私の名を呼んだテオに、首を傾げてみせる。

すると彼は不思議そうな顔をして、とんでもないことを言った。

「なんでそのクマたち喋ってるんだ???」

「え? ――――ええっ!?」

私は思わず、二度も聞き返してしまった。

クマたちとの会話は、私の頭の中の話。

二人が本当に声を出してるわけじゃないのに――

「テオ。ココとメルの声が聞こえるの???」

「声っていうか、頭の中に響くんだよ。さっきどっちが『びーこん』を使ったかで言い合いしてただろ?」

「……言い合いしてた。でも、なんで???」

首を傾げた私に、テオは苦笑する。

「君が作った魔導具だからな。君に分からなきゃ僕はもっと分かんないさ」

「そっか……」

考え込む私。

そんな私にテオが言った。

「それはともかく、今は安全なところに降りよう。――人が集まってるあの丘でいいか？」

「あ、うん！」

私が頷くと、テオは私を抱えたまま避難所に向かって降下を始めたのだった。

7

シズミ村の避難所に降り立った私たちは、堤防の応急処置に出ていた人たちと再会した。

私の命がけの魔法が役に立ったらしい。

彼らは、一番後ろを走っていたヘイデンを含め全員が無事避難していた。

もっともヘイデンは本当に危なくて、後ろから押し寄せた水に押し上げられるようにしてボタ山にかけ登ったらしいけれど。

なにはともあれ、みんなが無事でよかった。

もちろん、水没してかなりの家屋が流されてしまったシズミ村と、浸水した周辺の村々をどうするかという問題は残ってる。

ただ復旧についてはソフィアとライオネル、それに王国派遣軍のバージル老司令が色々と手を打ってくれていた。

村人たちの仮住まいや建設資材は手配済み。

復旧計画の工程表までほぼ完成している、という有様だった。

領兵隊と王国派遣軍八〇〇名、それに住民たちのマンパワーで一気に復旧させる。

大きな問題がない限り、村のみんなもそう遠くない時期に村に戻れそうだ。

こうしてエルダ川の氾濫は、なんとか解決に向かって動き始めたのだった。

8

二週間後、王都。

城の中庭には、コンラート陛下をはじめとするハイエルランドの重鎮たちが勢ぞろいし、帰国の途につく友好国の使節団を見送ろうとしていた。

「この度は愚弟がご迷惑をおかけし、大変申し訳ありませんでした」

陛下への挨拶を終えたベルナルド殿下が私とお父さまの前にやってきて、ぐい、と隣のテオの頭を下げさせる。

「いてっ！」

悲鳴をあげるテオ。

そんな彼を一瞥したお父さまは、ベルナルド殿下にこう言った。

「……いえ。テオバルド殿下には娘が危ないところを助けていただき、親として大変感謝しております。私としては今後ともぜひ『節度ある交流』をお願いしたいところですな」

「そうですね。愚弟にもしっかり言い聞かせます」

お父さまの圧に、苦笑するベルナルド殿下。

エルダ川の氾濫のあと。

私はテオに同行し、エインズワース領とオウルアイズ本領を案内した。

これはエラリオン側との約束通りではあったのだけど、付き添いのアンナや途中から合流したお父さまは大変不服そうで、ことあるごとにテオを牽制していた。

『殿下、男子たるもの普段からしっかり足腰を鍛えておくことが肝要です。なに、街までたかだか二〇㎞ほど。私が付き添いますので、馬車などに乗らずぜひ一緒に走りましょう』

『こちらは私の故郷に伝わります『ブーブー漬け』という雑穀がゆでございます。殿下には甘いお菓子よりこちらの方が良いかと思いまして、特別にご用意致しました』

——うん。控えめに言ってあれはイジメだった。

さすがに私が割って入ってやめさせたけど。

そんな中でもテオは極力二人と衝突しないよう努力しているように見えた。

まったく、どちらが大人なのか。

私がそんなことを思っていると、ベルナルド殿下が弟に言った。

「テオバルド。挨拶くらいきちんとしなさい」

「あ、ああ。うん」

兄から叱られた少年は、背筋を伸ばし、私たちに向き直った。

「オウルアイズ侯、エインズワース伯。この度は大変お世話になりました。またお会いできる日を楽しみにしております」

「こちらこそ」

「テオバルド殿下、お体に気をつけてお過ごしください」

そう言って、互いに立礼する。

「さあ、行くぞ」

「……はい、兄上」

見えないひもで引っ張られるように連れて行かれる男の子。

彼は何か言いたそうにしながらも、背を向けて去ってゆく。そうして、ベルナルド殿下が馬車に乗り込んだときだった。

「!!」

「えっ？？？」

後に続いていたテオがくるりと踵を返し、私に向かって走ってきた。

「レティっ!!」

走り寄り、私の手をとる男の子。

「テオ？？？」

戸惑う私。

彼はポケットから小さな箱を取り出すと、私の手のひらの上にそれを載せた。

「これは……？」

「クマのお礼。自分で選んだんだ。いらないなら捨てていいから」

そう言って不安げに私を見つめるテオ。

私は首を振った。

「そんなことしないわ。大切にする！」

私の言葉に顔をほころばせる男の子。

そのとき、馬車から顔を出したベルナルド殿下が叫んだ。

「何をしてるんだ。行くぞ、テオバルド!!」

「今行きます!!」

叫び返したテオはもう一度私に向き直り、まっすぐ私の目を見つめて言った。

「レティ。また来るから！　それまで元気で!!」

「テオもね。私、手紙を書くわ」

「僕も書く！　――絶対に、また会おう!!」

そう言って、馬車に向かって走るテオ。

やがて、テオたちの乗った馬車が走りだす。

「きっと、また会えるわ」

雲ひとつない青空の下で。

私は彼からもらった小箱を胸に、テオを見送ったのだった。

《第二部・了》

★⋆あとがき⋆★

こんにちは。二八乃端月です。

なんとか『やり直し公女』の書籍二巻をお届けできることになりました。

二八乃として通算四冊目となる書籍化作業でしたが、今回ほど〆切に追われたことはなかったように思います。無事こうして刊行にこぎつけられて本当に良かったです。

さて。本巻では『新たな仲間たちが登場！』ということで、レティの周りもさらに賑やかになってまいりましたが、いかがでしたでしょうか？　一巻のあとがきで『二巻はもっと魔導具づくりします』と書いたこともあり、本巻ではできるだけ多くの魔導具を登場させてみましたが、なんというか消化不良に……。本当は一つひとつの開発をみっちりとやりたかったのですが、時間とページ数が足りずここまでとなってしまいました。まあ一番の原因は、調子に乗って色々詰め込み過ぎた作者にある訳ですが。次巻からはもう少しバランスよく描けるよう工夫したいと思います。

さて、本作の今後の展開についてご紹介しましょう。

次巻を出せるよう本巻が売れてくれることを祈りつつ、実は本巻発売とほぼ同時にコミカライズ版の連載がスタート致します！

描いていただくのは、恋愛をからめた様々なジャンルで活躍されている、サザメ漬け先生。現在二話まで原稿を読ませていただいておりますが、もう『面白い!!』のひと言です。

隙あらばもちっとしたぷにキャラに化けてわちゃわちゃするレティとアンナ。

その横でわさわさしながらボケとツッコミを繰り返すクマたち。

みんな可愛すぎです。これはぜひ皆さんに読んでいただきたい！

小説とは一味違った『やり直し公女』をお楽しみいただけると思いますので、ぜひ一度検索してみてください。

最後に、今回もキュートなイラストで本作を彩ってくださったＹＯＨＡＫＵ様、担当編集様をはじめとする関係者の皆さま、変わらず応援してくれる家族に感謝しつつ、筆を置きたいと思います。

また次巻でお会いしましょう。

二八乃端月

やり直し公女の魔導革命 2
～処刑された悪役令嬢は魔導具づくりをやめられない～

発　行
2023 年 12 月 15 日　初版発行

著　者
二八乃端月

発行人
山崎　篤

発行・発売
株式会社一二三書房
〒101-0003　東京都千代田区一ツ橋 2-4-3 光文恒産ビル
03-3265-1881

編集協力
株式会社パルプライド

印　刷
中央精版印刷株式会社

作品の感想、ファンレターをお待ちしております。

〒101-0003　東京都千代田区一ツ橋 2-4-3 光文恒産ビル
株式会社一二三書房
二八乃端月 先生／YOHAKU 先生

Printed in Japan, ISBN 978-4-8242-0073-0 C0093
※本書は小説投稿サイト「小説家になろう」（https://syosetu.com/）に
掲載された作品を加筆修正し書籍化したものです。